네이처
보이

ROMAN
COLLECTION
004

네이처
보이

김서진 소설

나무옆의자

차 례

오고 감이 있다.

헤어짐은 있으되 재회는 흔치 않다.

– 카프카,『꿈같은 삶의 기록』중에서

옛날에 한 소년이 살았습니다

이게 뭐지?

나는 바닥에 쪼그리며 혼잣말처럼 물었다. 욕실에서 나온 정우는 수건으로 머리를 털며 건성으로 되물었다.

"뭐?"

나는 바닥에 떨어진 것을 두 손가락으로 집어 정우에게 보여주었다.

"깃털이잖아."

그렇다. 깃털이었다. 티 하나 없이 하얀, 새의 깃털. 보드랍고 매끈한 털이 완벽한 대칭을 이루며 가지런하고 촘촘하게 박혀 있었다. 영화에서나 나올 듯한, 그러니까 정우가 즐겨보는 느와르 영화에서 주인공이 마지막 혈투를 벌일 때 그 옆으로 무심하게 푸드덕 날아오르던 흰 비둘기. 바로 그 몸에서 빠져나왔을 법한 깃털이었다.

"이게 어디서 날아왔을까?"

"창문으로 들어왔겠지."

정우가 수건을 내려놓고 후드 달린 티셔츠를 뒤집어쓰며 건성으로 말했다.

"방충망을 뚫고?"

의아했지만 나라고 달리 떠오르는 대답도 없었다. 그때 내가 살던 집은 5층짜리 빌라의 3층. 소음도 심하고 창문을 열어두면 먼지도 많은 집이었다. 그래도 침실 창문 너머에 커다란 은행나무가 서 있고, 거실에서는 바로 공원이 내려다보였다. 공원이라고는 하나 원래는 어린이 놀이터였던 곳에 부서진 채 방치된 미끄럼틀과 정글짐을 철거하고 대신 운동기구를 몇 개 가져다 놓은, 손바닥보다 조금 큰 옹색한 공간일 뿐이지만, 비가 오는 저녁에 가로등이 켜지면 창문 너머 풍경이 그럴싸했다. 퇴근 후 옷도 갈아입지 않은 채 찻잔을 들고 베란다에 서서 멍하니 나뭇가지 사이로 비어 있는 벤치를 내려다보고 있노라면 어울리지 않는 감상이 몰려들곤 했으니 깃털 하나쯤 딸려왔을 법도 했다.

"나 간다."

정우는 가방을 둘러메고 방을 나섰다.

"촬영 다녀와서 전화할게."

힐긋 시계를 보니 새벽 두시가 넘었다. 정우의 집은 차로 한 시간 거리. 정우는 자고 가는 법이 없었다. 하긴 내가 자고 가라고 잡은 적도 없었다. 하지 않는 것들은 그 외에도 많았다. 전화기를 붙잡고 수다를 떨거나 주말이면 손을 잡고 거리를 헤매고 다니는 것들. 나와 정우는 하지 않았다. 각자 엉뚱한 이름으로 저장해둔 문자메시지 창에는, 오늘 괜찮아, 몇 시가 좋아, 오늘 말고 내일 등등 반드시 필요한 말 이외에 어떤 내용도 없었다.

그래서 나도 평소처럼 심드렁하게 말했던 것 같다. 알았어. 엄지와 검지로 깃털을 빙글빙글 돌리며, 어떻게 해도 상관없다는 듯이. 아니, 나는 지금 피곤하며, 정우가 어서 자기 집으로 돌아가기를 기다리고 있다는 듯이.

"그거 예쁘다. 책갈피에 끼워놓으면 추억이 되겠다."

정우는 나를 보지도 않고 인사 대신 그렇게 말했다. 나는 피식 웃었다. 추억이라니, 정우가 왜 그런 단어를 쓰는지 어색하고 낯설었다. 그래서, 쓸모없는 거 뭐하러, 하며 나는 손가락에서 깃털을 떨궈 버렸다. 깃털은 팔랑거리며 휴지통 안으로 들어갔다. 늦은 밤인데도 어디선가 대, 한, 민, 국, 이라고 외치는 소리가 들려왔다. 현관문을 나가면서 정우는 내일 축구는 볼 수 있으려나, 하고 투덜댔다. 부쩍 정우는 혼잣말이 늘었다. 나는 대답하지 않았다. 현관문이 닫히고 정우가 계단을 내려가는 소리가 들렸다.

나는 그 발자국 소리를 아주 오래 기억했다. 그날 저녁에 있었던 일들은 모두, 또렷하게 기억에 남아 있다. 나는 현관문을 잠그고 거실의 텔레비전을 켰다. 온통 월드컵 소식, 내일 맞붙게 될 스페인의 전력 분석과 경기 전망으로 들떠 있었다. 다른 한편에서는 겨울에 있을 대통령 선거 때문에 시끄러웠다. 텔레비전을 끄자 밀려오던 정적, 그때 갑자기 느낀 외로움 때문에 내가 당황스러웠던 것도 기억에 선명하게 남아 있다.

2002년 여름. 아이들은 죄다 붉은 악마가 적힌 월드컵 티셔츠를 입고 몰려다니며 〈오 필승 코리아〉를 불렀고, 나는 정우에게서 MP3를 다운받는 법을 배웠다. 소리바다에 들어가서 공짜로 음악을 내려받는 일은 처음 하이텔에 접속해서 채팅을 하던 일만큼이나 신기했다.

그해에는 믿을 수 없는 일들이 많이 일어났다. 그런 종류의 일들이 있다. 지나고 나서 생각해보면 그 일이 정말로 실재했었다는 게 믿어지지 않는 그런 일들. 하지만 당시에는 그것이 얼마나 불가해하고 신기한 일인가를 알지 못한다. 나에겐 그해가 꼭 그랬다.

나는 현관문을 잠그고 술잔이며 과자 접시 따위를 치웠다. 원래 어질러진 걸 두고 보지 못하는 성격이다. 그게 무엇이든 제자리에 놓여 있지 않으면 이를 닦지 않고 잠자리에 드는 것처럼 찜찜하다. 거기에다 겁도 많아서 베란다로 나가 창문이 단단히 잠겼는지 일일이 확인해야만 했다.

그러는 사이 빌라 주차장에서 나온 정우의 차가 공원 옆길을 달려갔다. 나는 베란다에 서서 그 모습을 바라보았다. 차의 미등 불빛은 누군가 버린 담뱃불처럼 이내 사라졌다. 하지만 정우가 다녀간 날이면 담배 냄새처럼 쉬 빠져나가지 않는 뭔가가 나에게 남아 다음 날, 그다음 날이 되어도 밤 아홉시의 배고픔 같은 것을 남겼다.

나는 문득 손을 멈췄다. 드문드문 켜진 방범등. 어둠에 잠긴 집들. 저 멀리 어느 집에는 아직 잠들지 못한 사람이 있어 불이 밝혀져 있고, 오렌지빛 가로등이 공원의 나무들을 비췄다. 공원에 사람의 그림자가 보였다. 이 늦은 밤에 누가 저기에 있는 것일까. 그림자는 공원 한가운데 우두커니 서 있었다. 누군가의 창문을 바라보고 있는 것처럼.

혹 도둑이 내 집을 노리는 것인지도 모른다는 생각이 들었다. 주택과 빌라가 밀집한 동네라 종종 도둑이 나타났다. 아나운서라 해도 얼굴이 알려지지 않아 나를 알아보는 사람은 없지만 이 동네에서 벌써 여러 해를 살다 보니 여자 혼자 사는 집이라는 정도는 알려졌을 법도 했다.

이사를 가야 하는데……. 늘 그렇게 생각하지만 내가 가진 돈으로는 이만한 조건의 집을 구하기도 어렵다는 게 현실이었다. 회사에서 멀다는 건 단점이지만 장점이기도 했다. 회사 근처에 산다면 정우가 내 집에 드나드는 것이 그만큼 부담스러웠을 것이다.

이사를 가지 않으려면 반드시 차가 있어야 하는데 아직 운전면허가 없다는 것이 또한 나의 중요한 문제였다. 나는 운전에 대한 공포를 가지고 있었다. 첫 면허 시험을 볼 때 급발진을 경험했던 탓이다. 정말이지 나는 아무 짓도 하지 않았는데 차가 혼자 날아올라 벽에 처박혀버렸다. 다행히 크게 다친 사람은 없었지만 차는 폐차할 정도로 망가졌고, 그 후 한동안 나는 운전석에 앉을 엄두를 내지 못했다. 견디다 못해 다시 운전면허 신청을 내고 가까스로 기능에는 합격했지만 도로주행에서 번번이 떨어졌던 것이다.

그놈의 오르막. 급발진을 경험한 탓에 스틱을 신청했더니 공포의 오르막이 내 발목을 잡았다. 오르막 출발에서 차가 뒤로 밀리면 내 온몸은 굳어버리고, 액셀을 밟아요, 밟아, 라고 외치는 시험관의 목소리만 귀에 윙윙 울렸다. 그나마 조수석의 시험관이 사이드브레이크를 올려서 사고는 나지 않았지만 그러지 않았다면 무슨 일을 당했을지도 모른다. 어릴 때부터 시험이라면 극강이어서 아나운서 시험도 한 번에 붙었는데 이놈의 운전면허가 사람을 이토록 괴롭힐 줄이야. 운전이 안 되면 이사를 가야 하는데, 이것도 안 되고, 저것도 안 되고, 하지만 이것저것 둘 다 필요하기는 하고…….

휴……. 정우가 왔다 간 날이면 늘 잡념이 많았다. 그만하자, 혼자 중얼거리며 창문이 단단하게 잠겼는지 다시 확인하고 실내로 들어왔다. 정우가 가고 없는 침대는 그새 차가워져 있었다. 나는 정우의 흔적을 지우듯 이불을 꼼꼼히 정리한 후에야 다시 누웠다. 인적 드문 밤거리를 달려가고 있을 정우를 생각했다. 그는 무슨 생각을 하며 운전을 하고 있을까. 그가 집으로 가는 길의 풍경은 어떤 것일까.

나는 이불을 뒤집어썼다. 더 이상의 잡념이 틈입하지 못하게 문을 잠그듯이. 위층에서 천천히 걸어 다니는 발소리가 울렸다. 위층 사람도 잠을 이루지 못하나 보다.

스페인전이 있었던 토요일. 그날 새벽 세시. 전화를 연결하는 막내 작가 현지의 손이 바쁘게 움직였다. 쉴 새 없이 전화가 오고, 문자메시지가 도착했다. 함께 축구를 보며 흥분했던 탓에 나도 목이 쉰 채로 마이크 앞에 앉았다. 음악이 후렴구를 반복하며 끝나가자 나는 마이크 앞에서 디제이용 모니터를 쳐다보았다. 온에어의 불이 켜졌다.

"이원진의 목소리로 들으신, 〈시작하는 연인들을 위해〉였습니다. 토요일 밤은 여러분들과 전화를 연결해서 직접 사연을 들어보는 시간인데요. 오늘 스페인전 승리를 축하하는 전화와 메시지가 계속 도착하고 있어요. 정말 극적인 승리, 믿을 수 없는 결과였죠. 같이 기쁨을 나누실 분, 지금 전화 연결되어 있는데요. 안녕하세요?"

"네, 안녕하세요."

어딘가 어린아이 같은 목소리의 남자 청취자가 연결되었다.

"네, 안녕하세요. 어디 사는 누구세요?"

"○○동에 사는 천온희라고 해요."

"신청곡부터 먼저 말씀해주세요."

"신청곡은 소닉 유스의 〈슈퍼스타〉고요."

"네, 〈슈퍼스타〉 준비할 거구요. 천온희 씨. 이름이 특이하네요. 부모님이 지어주신 건가요?"

"네, 아빠가 직접 지으셨다고 해요. 따뜻할 온 자가 아니고 평온할 온이에요."

"그러시군요. 평온할 온 자를 쓰시는 천온희 씨도 오늘 축구 보셨죠?"

"네."

"누구랑 보셨어요?"

"편의점 사장님이랑 같이 봤어요. 가게를 비울 수가 없으니까요."

"아, 편의점에서 일하시는군요. 천온희 씨는 오늘 이길 거라고 예상하셨어요?"

"네, 스페인 선수가 페널티킥을 실축하도록 주문을 외웠거든요."

부스 밖에서 작가들이 그 마음 안다는 듯 고개를 끄덕이며 웃었다.

"그럼, 천온희 씨의 주문이 통한 건가요?"

"잘 모르겠어요. 주문을 외긴 했는데 아직 수련 중이라."

"수련 중이시라면?"

"제가 원래 하는 일은 마법사거든요."

"마법사? 아, 마술하는 분이시군요. 그럼 마술 공연도 하고 그러세요?"

"전 공연은 안 해요. 저 혼자 새로운 마법을 개발하고 있는데, 스페인전에서 이겨서 기분이 좋아서인지 오늘 처음으로 성공했어요."

"어떤 마술인데요?"

"제가 좋아하는 사람이 있는데요, 그 사람에게 꽃을 보냈어요."

"꽃?"

엄 피디가 수북이 쌓인 시디 더미에서 고개를 들며 피식 미소를 지었다. 메인 작가 도연과 막내 작가 현지는 문자메시지로 도착한 사연과 신청곡들을 출력하느라 바빴다. 생방송 시간마다 어김없이 펼쳐지는 익숙한 풍경.

"네, 마법을 써서 제가 꽃을 전송한 거예요."

고작 꽃을 보내는 데 뭐하러 마법까지 쓰나, 그냥 만나서 주면 되지, 라고 나는 생각했지만, 마이크를 통해 나가는 것은 잘 훈련된 예의 바른 목소리였다.

"그분이 몹시 좋아하셨을 것 같아요. 마법으로 보낸 꽃을 받고 뭐라고 하시던가요?"

"아, 근데 아직 몰라요. 조금 있다 집에 도착하면 알게 될 거예요."

"그럼 그분께 하고 싶은 말, 지금 해주세요."

"음……."

청취자는 잠시 생각하는 듯 말을 멈추었다. 그러고는 결심이라도 한 듯 또박또박 정성을 들여 한 마디씩 내뱉었다.

"누나, 누나는 아직 내가 누구인지도 모르겠지만 나는 누나를 항상 지켜보고, 누나 생각만 하고 있어. 언젠가는 내가 사랑하고 있다는 걸 알게 될 거야."

도연이 손바닥을 모아 가슴에 갖다 대며 감동했다는 표정을 과장되게 지어 보였다. 도연은 원래 뭐든 쉽게 감동하는 성격이었다. 엄 피디가 끊으라는 사인을 보냈다. 시간 초과.

"천온희 씨, 오늘 전화 주셔서 감사하구요. 그분이 선물받으시고 뭐라고 하셨는지 다시 전화 주셔서 꼭 알려주세요. 신청곡, 소닉 유스의 〈슈퍼스타〉 들려드릴게요."

엄 피디는 준비된 노래의 볼륨을 높였다. 전화가 끊어지려는 순간, 소닉 유스 특유의 노이즈와 한숨 소리에 섞여 빠르게 덧붙는 목소리가 내 귀에 들어왔다.

"우린 곧……."

나는 뒷부분을 듣지 못했다. 음악이 그의 말소리를 덮어버렸다.

새벽 다섯시. 온에어의 불이 꺼졌다. 옆 녹음실에서는 연기자 출신의 엠시가 춤이라도 출 것 같은 경쾌한 목소리로 새벽 생방송을 이미 시작했다. 불과 일이 초의 차이인데 나는 밤의 차분함과 무게를 말하고, 그녀는 아침의 활기를 떠들었다.

나는 피로를 느끼며 식어버린 커피 잔을 비웠다. 새벽 생방송이라는 아이디어를 도대체 누가 냈는지. 나는 토요일 새벽마다 화가 났다. 대본을 쓰는 메인 작가 도연은 엄 피디라고 말하고 엄 피디는 도연의 생각이라고 우기는 걸로 보아, 둘이 서로 통했던 게 분명했다.

"언니, 요즘 복고가 대세잖아요."

"내가 살면서 복고가 대세가 아니었던 적이 없었던 것 같은데?"

"언니는 늘 부정적이야. 들어봐요. 예전에 우리는 우체국 사서함으로 엽서도 보내고 방송국에 전화를 신청해놓고 막 기다리고 그랬잖아요."

"지금도 사서함으로 엽서 받잖아. 나날이 엽서는 줄어들고 있지."

"줄어들고 있다 해도 지금도 방송국으로 직접 쓴 손 글씨로 사연 보내는 사람들이 얼마나 많은데요. 언니가 생각하는 것보다 세상은 훨씬 천천히 변해요."

"그럼 엽서를 계속 받으면 되지 갑자기 뭔 전화야!"

나는 강력하게 항의했다. 그러자 엄 피디는 특유의 자분자분한 목소리로, 다른 프로그램처럼 연예인 엠시를 쓰지 않고 굳이 정통 아나운서를 진행자로 고집하는 그 자체—이 말은 왠지 협박 비슷하게 들리기도 했다—가 우리 프로그램이 복고적 감성을 가지고 있다는 이야기이고, 그래서 일주일에 한 번이라도 전화 통화를 시도하는 게 프로그램의 정체성과 어울린다고 우겼다.

"일주일에 딱 하루 있는 휴일 전날 밤, 잠들기가 아까워 깨 있는 사람들이 왜 없겠어? 이런 거 보면 어서 주5일근무제가 돼야 해."

"글쎄, 그게 생방송이랑 무슨 상관이 있냐니까!"

"밤에 전화를 걸어 수다 떨고 싶은 사람은 왜 없겠느냐 그 말이지."

"술에 취해 다들 자고 있을걸."

"청취율에 도움이 될 거야."

그렇다면 끝이다. 라디오는 청취율, TV는 시청률이 신이다. 모든 것을 결정하고, 모든 것은 그에 복종해야 한다. 청취율 1퍼센트의 방송이라고 해도 마치 조용한 동네의 골목 카페처럼, 우리는 원래 그래요, 라며 하던 것만 계속할 수는 없는 노릇이었다. 지난봄 새로 온 라디오 본부장은 전체 청취율을 1위로 만들겠다고 목소리를 높였고, 그 덕에 정기 개편에서 우리 프로그램이 살아남을지 죽을지도 모르는 형편이었다. 뭐라도 해보는 게 나았고, 그래서 토요일 오후에는 월요일 방송을 녹음하고 토요일 밤에는 토요일분 생방을 하기로 결정이 났다. 이상한 시간표였다. 정확하게 말하자면 일요일 새벽 방송이었지만, 우리는 늘 토요일 새벽 생방이라고 불렀다.

"전화가 안 오면 어떡하지? 새벽 세시에 누가 잠 안 자고 전화를 걸겠냐고?"

뭐든 꼬투리를 잡고 싶은 마음에 내가 툴툴대자 도연이 말했다.

"언니, 우리가 아무리 청취율 1프로 방송이라지만 그래도 최소한 몇십만 명이 듣는 방송이에요. 전화가 안 오면 내 친구들이라도 동원해서 통화하게 만들 거니까 그건 걱정 마세요. 언니는 다 좋은데 걱정이 너무 많은 게 걱정이야."

하긴 음악 프로그램에서 잔뼈가 굵은 도연이니 나보다 위기 대처 능력이 뛰어나리라는 것은 분명했다. 다행히 도연의 친구들을 괴롭힐 것도 없이 '마음을 이야기하는 토요일 밤'이라는 코너는 대박은 아니어도 그럭저럭 정착하게 되었다.

생방송을 마치고 엄 피디, 작가 들과 함께 회사 근처 죽집으로 가는 것도 정착했다. 다들 배가 고파 견딜 수 없다는 표정이었다. 호박죽, 녹두죽, 야채죽 등을 골고루 시켜 나눠 먹기로 하고 자리에 앉았다. 주말 동안 뭘 할 건지, 특별한 일은 없는지 서로 물어보고, 늘 그렇듯이 잠이나 잘 거라는 대답을 신세타령처럼 처량하게 덧붙였다.

핸드폰이 울려 확인해보니 새롭게 추가된 알람 기능이 오늘이 내 생일임을 가르쳐주었다. 완전히 잊고 있었는데……. 수선스럽게 구는 것도 싫고, 축하도 썩 내키지 않아―올해 몇 살이야, 하는 이야기를 듣기가 참 난처했다―동료들에게도 말하지 않았다.

그러면서도 문자메시지 창을 확인했다. 누군가, 라고 하지만 기억해줄 만한 사람은 정우뿐인데, 아무런 메시지가 없었다.

하긴 아직 자고 있을 것이다. 더구나 촬영 간다고 했으니 깨어 있다 해도 정신이 없을 것이고…….

"아까 자기를 마법사라고 소개한 사람 말예요, 좀 이상하지 않았어요?"

도연이 말했다.

"뭐가?"

"마술이라고 하지 않고 꼭 마법이라고 하잖아요. 근데 마술 과 마법이 뭐가 다르죠?"

현지가 막내답게 잽싸게 전자사전을 꺼내 검색하더니 또박 또박 읽어주었다.

"마술은, 여러 가지 도구나 손재주로 신기한 일을 해 보이는 재주, 그러니까 기술이고, 마법은 사람의 능력을 뛰어넘는 신 기한 힘으로 이상한 일을 행하는 술법이에요."

"그러니까 기술과 술법의 차이네. 근데 술법은 좀 나쁜 거 아 닌가? 간사한 술법으로 누구를 속였다, 이렇게 쓰니까. 목소리 는 참 착하게 들리던데."

도연의 말에 나는 다시 웃었다.

"목소리만 듣고 어떻게 알아?"

"느낌이라는 게 있잖아요. 언젠가는 내가 사랑하고 있다는 걸 알게 될 거야, 할 때 감동받았어요, 저."

"그래, 네가 또 감동하는 거, 알겠더라. 뭔 감동을 시도 때도 없이 해."

나도 감동받았는걸, 하고 엄 피디가 말했다.

"사랑하는 사람을 위해서 마법을 연습했다잖아. 얼마나 낭만적이야."

"나는 오그라드는 것 같던데."

"그러니까. 그런 오그라드는 이야기를 그렇게 진지하게 하는 거, 그게 진심이라는 거지."

"진심은 뭔 진심. 빨리 끊으라고 야단이더니……. 나는 마술과 마법의 차이 같은 건 잘 모르겠어. 마법이라는 단어를 쓴 건, 그게 조금 더 특별하게 느껴져서겠지."

그러자 엄 피디는 나에게, 정 아나는 그래서 연애를 못 하는 거야, 하고 타박을 줬다.

"내가 연애를 하는지 못 하는지 봤어요?"

"보나마나 뻔하지. 재채기와 사랑은 감추지 못한다고, 연애에 빠진 사람은 표시가 나. 드라마국에 송정우, 걔 요즘 연애하

26

거든. 표정 바뀐 거 모르겠어?"

그 순간 심장을 매달고 있던 끈 같은 것이 툭 하고 끊어졌다.

"나도 그 얘기 들었는데 정말인가 보네요. 하긴 그만한 조건으로 아직 혼자인 게 이상한 거죠. 결혼할 때가 됐잖아요."

도연이 말했다. 도대체 도연까지 들은 소문을 나는 왜 듣지 못한 것일까.

"된 게 뭐야, 지났지. 정 아나랑 동갑이지?"

나는 고개만 끄덕였다. 바닥에 떨어진 심장이 드르르 떨리고 그 떨림이 온몸으로 퍼져 나가는 것 같았지만 표정에는 자신 있었다. 아무것도 드러나지 않을 것이다.

마침 죽이 나왔다. 나는 하얀 김이 올라오는 죽을 한 숟가락 가득 떠서 식히지도 않고 삼켰다. 뜨거움이 위장 안으로 꿈틀 꿈틀 내려가니 표정이 일그러져도 상관없었다.

"그럼 결혼은 언제 한대요? 사귄 지는 오래됐대요?"

내가 궁금한 말들을 현지가 대신 물어줬다.

"곧 할 거라던데. 정확하게는 몰라. 그 자식, 보기보다 음흉해. 말을 안 해."

그러니까 정우의 연애는 아직 본인의 입으로 확인하지 않은,

소문일 뿐인 상태였다. 어쩌면 정우가 누군가와 만나고 있다는 게 알려졌을지도 모른다. 그 누군가가 나라는 것을 말하지 못해 정우는 입을 다물고 있는 것인지도.

"남의 연애에 신경 그만 쓰고 너희들이나 연애 좀 해."

"언니가 그런 말 할 자격이 있어요?"

그 말에 나는 웃었다. 나와 정우의 관계를 아무도 모른다는 것, 그게 왜 이토록 안심이 되는 것일까.

아침 햇살에 눈이 부셨다. 밤샘으로 피로한 얼굴 위에 떨어지는 햇빛은 엉뚱한 곳에 불시착한 우주인처럼 어색하고 당황스럽다. 일요일에도 일터로 나가는 사람들이 하품을 해대는 나를 지나쳐 갔다. 문득 나 혼자만 역방향으로 가고 있는 것 같아 정류장으로 향하는 사람들을 돌아보았다. 역시나 다른 사람들의 등만 보였다. 남의 등에 떨어지는 햇볕은 따뜻해 보였다.

다시 핸드폰을 확인했다. 아무것도 없었다. 어떤 희망은 절망보다 쓰다.

빌라 입구에서 위층에 사는 할머니와 마주쳤다. 내가 고개를 살짝 숙여 인사를 하자 할머니는 거만한 얼굴로 머리를 까딱해 보였다. 짙은 색의 선글라스에 샤넬풍의 정장을 입고 긴 스카프를 목에 두르고 있었다. 여자에게 나이 든 표시가 가장 많이 나는 부분이 눈과 목이라는 걸 읽은 적이 있다. 그래서인지 눈과 목을 꼼꼼하게 가린 할머니는 얼핏 보면 40대 정도로 보였다. 언젠가 목욕탕에서 돌아오는 모습을 본 적이 있는데 그때는 아무리 못 되어도 환갑은 훌쩍 넘겼을 것 같았다. 하지만 군살 없이 날씬한 몸매에 차림새가 남달랐다. 본인도 그걸 잘 아는 듯 다른 사람들의 시선을 의식하는 표정이었다. 그날은 마치 여대생처럼 책 한 권을 가슴에 끼고 있는데 버지니아 울프의 『등대로』의 영문판이었다. 'To the lighthouse'라는 글자가 하드커버 표지 위에서 금박으로 반짝였다.

할머니도 혼자 살았다. 별 관심은 없었지만 여러 해 사는 동안 그 정도는 알게 되었다. 여름에 창문을 열어놓고 주방에서 설거지를 하고 있으면 할머니가 틀어놓은 오래된 팝송들이 흘러들어왔다. 사람은 자신이 청춘을 보낸 시절에 항상 묶여 있는 법이다. 노래로 짐작할 수 있는 할머니의 청춘은 60년대였다. 나는 90년대 가요가 흘러나오는 라디오 볼륨을 줄이며 피식 웃었다. 아래층 위층에 사는 두 여자. 새침한 얼굴로 거만한 척하지만 잠 못 이루는 밤마다 서성거리는 소리가 아랫집을 울리는 두 여자가 옛날 노래를 따라 부르며 설거지를 하는 모습이라니……

우리 집에 정우가 드나들듯 이따금 할머니의 집에도 누군가 찾아오곤 했다. 그때마다 돈 문제 같은 걸로 다투는 소리가 들려왔다. 그런 소란이 있고 난 밤이면 할머니의 발자국 소리는 내가 잠들 때까지 울리곤 했다. 하지만 계단에서 마주치는 할머니는 그런 기색이 전혀 없었다. 할머니는 쌀쌀맞은 얼굴로 영문 소설을 껴안고 총총 걸어가버렸다.

현관문을 들어서자 싸늘한 냉기가 훅 끼쳐왔다. 보일러를 켜며 아무것도 생각하지 말고 쓰러지자고 중얼거렸다. 자고 일어나서 그때 생각하자. 나는 가방과 코트를 소파 위에 걸쳐두고 치마를 벗으며 침실 문을 열었다. 그 순간 놀라 온몸이 딱 멈췄다.

침대 위에 꽃다발이 있었다.

내가 한 아름에 안기 힘들 정도로 커다란 꽃다발이었다. 인디언핑크의 장미와 이름을 알 수 없는 보라색 꽃이 섞여 있었다. 나는 꽃다발을 안고 그 속에 얼굴을 파묻었다. 꽃향기는 늘 어색하고 뭔가 현실적이지 않지만, 좋았다. 아주 좋았다. 가슴이 뛰었다.

나는 꽃다발을 안고 거실로 나와 정우에게 전화를 걸었다. 지금은 가입자가 전화를 받을 수 없다는 기계음이 흘렀다. 뭔가 말하고 싶은데, 수선스럽게, 호들갑스럽게 좋아하고 싶은데, 통화가 되지 않았다.

전화를 끊고 꽃병을 찾아봤지만 적당한 것이 없었다. 결국 휴지통을 비우고 그 안을 잘 씻어 물을 받고 꽃을 꽂았다. 자세히 보니 꽃의 종류도 다양했고, 모두 분홍과 보라색 톤으로 섬세하게 선택된 것들이었다. 정우가 직접 골랐을 것 같지는 않고 플로리스트의 솜씨일 테지.

하지만 그런 것은 중요하지 않았다.

대문은 어떻게 열었을까. 정우가 우리 집 현관 열쇠를 가지고 있었던가. 그것도 중요하지 않았다.

나는 정우가 꽃집에서 꽃을 주문하고, 차에 싣고 달려와 꽃다발을 들고 한 단 한 단 계단을 올라오는 모습을 상상했다. 아무도 없는 집. 썰렁한 공기를 가로질러 내 침실로 들어와 텅 빈 침대 앞에 꽃다발을 내려놓는 모습을 상상했다. 그것으로 충분했다.

그는 마법에 홀린 소년이었습니다

정우와 통화가 된 건 일요일이 다 지나갈 무렵이었다.

일요일 내내 나는 행복했다. 일요일 오전, 잠이 채 깨기도 전에 엄마의 전화를 받았을 때 침대 옆에 놓아둔 꽃다발에서 믿을 수 없을 만큼 환한 향기가 뿜어져 나오고 있었다.

"응, 엄마."

"은영이냐? 오늘이 네 생일이야. 알고는 있어?"

"알지, 그럼."

"미역국 먹었어? 생일 아침에 미역국을 먹어야 잘 산다는데."

"안 먹어도 이미 잘 사는데 뭘."

"저녁은 혼자 먹을 거야?"

엄마는 생일이니 집에 다녀가기를 바라는 눈치였다.

"저녁에는 약속이 있어."

잘도 이런 거짓말을. 하지만 엄마는, 내가 언제나 사람들에게 둘러싸여 지내고, 저녁마다 만나서 같이 술잔을 기울이자는 약속이 줄을 서 있고, 생일에는 팬레터가 쏟아질 거라고 믿기 때문에 그런 거짓말이 항상 잘 먹혔다. 거짓말을 할 필요도 없다. 그저 바쁘다고만 하면 그만이다. 그러면 엄마는 당신의 기대대로 상상하고, 상상대로 믿었다.

"엄마, 나 어제 생방송이어서 아침에 잠이 들었어."

"내 정신 좀 봐. 일요일에는 늦잠 잔다는 걸 잊어버렸네. 어서 더 자."

"조만간 한번 갈게. 들어가."

"올 때 미리 전화해. 바쁘면 안 와도 돼."

엄마는 미안해하며 전화를 끊었다. 아나운서가 된 딸의 모든 것을 황송해하는 엄마와 그런 줄 알고 실제보다 더 바쁜 척하면서 엄마를 적당히 따돌리는 딸.

인간관계란, 그것이 부모 자식이든 연인이든 간에 참 별거 없다고 나는 늘 생각했다. 더 많이 기대하고 바라는 쪽이 무조

건 을이다. 바라는 게 없으면 다칠 이유도 없다. 문제는 몰라서 못하는 게 아니라는 것이다. 뻔히 알면서도 기대하고, 그러다 실망하고, 바보같이 다시 기대하는 것이 되풀이된다.

하지만 정우가 두고 간 꽃다발이 눈앞에 있는 날에는 실망이나 어리석은 후회 같은 것을 미리 두려워할 이유가 없었다. 꽃들은 마치 자신이 제자리를 찾아온 것이 맞냐고 불평하는 것처럼 자기들끼리 몸을 비비며 놓여 있었다.

당장 화병부터 사야지 생각하며 핸드폰을 들고 다시 정우의 번호를 눌렀다. 여전히 전화를 받을 수 없다는 메시지만 들려왔다. 정우에게 문자를 넣었다.

꽃 잘 받았어. 왜 남의 집에 몰래 들어와? 사람 놀라게. 촬영 끝나면 연락 줘.

사랑해, 라고 썼다가, 그냥 지웠다. 사랑해, 보고 싶어, 같이 있고 싶어, 이런 말들을 정우에게 하려고 할 때면 나는 언제나 멈칫멈칫했다. 마음만 먹으면 얼마든지 할 수도 있고, 몇 번 했던 적도 있었다. 그러나 불편했다. 사랑해가 그냥 사랑해로 끝

34

나지 않고 갖가지 추론을 물고 오는 탓이었다. 이를 테면, 정우는 왜 아무 말 없을까, 정우가 사랑한다고 말하면 내가 그렇게 말했기 때문일까, 내가 말한 사랑과 정우가 말한 사랑은 정말 같은 상태일까 등등. 그러다 보면 마치 금방 탄로 날 거짓말을 한 것처럼 찜찜해져서 나도 모르게 입에서 툭 튀어나온 뒤에는 농담인 척 얼버무렸다.

한번은 정우가 그걸 지적한 적도 있었다.

"왜 그래? 사랑해, 해놓고는 죄지은 사람 같은 표정이야. 어색하면 안 해도 돼."

정우는 참 쿨했다.

그날 오후, 나는 꽃병을 사러 황학동까지 갔다. 골동품 거리를 몇 번이나 왕복한 끝에 단지 모양의 옹기 두 개와 입이 넓은 백자 하나를 골랐다. 그걸 정성껏 씻어 물을 담고 소금을 조금 섞었다. 그래야 꽃이 오래간다는 걸 인터넷에서 읽었던 것이다. 휴지통에 들어 있던 꽃을 세 군데 나눠 꽂고 거실과 주방, 그리고 침대 옆 화장대 위에 각각 올려놓았다. 온 집 안이 꽃이었다.

정우를 만나면, 흐드러지게 핀 꽃은 금방 시드니까 다음에는 봉오리 상태인 것을 골라 오라고 말해주고 싶었다. 너무 감동해서 눈물이 날 지경이었다는 말은 못 하겠지만, 누가 당신이 연애 중이라고 하던데 그 말을 듣고 깜짝 놀랐다는 말은 하려고 했다. 그래서 누가 그런 풍문을 떠드느냐며 둘이서 깔깔대는 모습을 상상해보았다.

그런데 정우는 의외의 대답을 했다.

"꽃이라니 그게 무슨 소리야?"

"뭐?"

내 목소리 톤이 갑자기 뚝 떨어졌다.

"나 촬영 때문에 충청도에 갔다 오늘 올라왔어. 생일이었어?"

정우가 했던 말을 그대로 다시 하고 싶어졌다. 그게 무슨 소리냐고. 네가 아니면 누가 꽃다발을 침실 안까지 가져다 뒀다는 말이냐고 묻고 싶었지만, 그냥 말이 막혀버렸다. 순식간에 마음이 헝클어진 탓이었다.

"생일, 잊어버려서 미안해. 촬영 때문에 정말 정신이 없었어. 언제 같이 저녁 먹자."

"그래, 그럼."

나는 가능한 아무렇지도 않게 대답한다.

"뭐 받고 싶은 거 있어? 선물 말이야."

"선물은 무슨. 나도 잊고 있었어. 생일 같은 거, 별로 챙기지 않는 거 알잖아."

마치 청취자의 전화를 받을 때처럼 훈련된 목소리였다. 내가 들어도 나는 아무렇지도 않고 조금의 서운함도 없는 것 같았다.

그런 게 통할 때도 분명히 있었다. 서운하지만 내색하지 않고 쿨한 척 말하고 나면, 정말 별거 아닌 것처럼 여겨져서 이내 잊어버린 때도 있었다. 그런 자신이 대견해서 스스로 진짜 쿨한 인간이라고 생각했던 적도 많았다.

하지만 그날은 그 정도로 속아 넘어가지지가 않았다. 애써 침을 삼키자 얽혀 있는 속이 더 거북할 뿐이었다. 꽃다발 때문에 깨끗이 무시하고 있었던 이야기, 정우가 곧 결혼할 거라던 엄 피디의 목소리가 마음속에 또렷하게 떠올랐다.

정우는, 꽃다발은 누가 보낸 거지, 하고 묻더니, 다른 남자가 보냈나 보네, 하며 웃었다. 그러니까 정우와 나는 상대방이 다른 사람을 만나거나 사귀는 걸 가지고 따지거나 화내는 그런 사이가 아니라는 것을 새삼 깨닫게 되었다. 어쩌면 정우는 나에게 그걸 일깨워주려고 일부러 다른 남자 어쩌고 하는 것일까. 가슴속이 더 얽히고 꼬였다.

그 순간, 정우가 꽃을 보냈든 안 보냈든, 생일을 기억하든 하지 않든, 중요한 것은 엄 피디로부터 들었던 소문의 진위라는 것이 명백해졌다. 어떻게 꽃다발 따위를 소문이 거짓임을 말해주는 증거라고 철석같이 믿었는지, 어이가 없을 정도였다. 화를 내며 따져 물어야 했다. 왜 이런 소문이 돌아다니느냐고. 정말 다른 여자가 있는 거냐고. 사실이 그렇다면 용서할 수 없다고.

하지만 나는 심드렁한 목소리로, 다른 남자가 침실 안까지 들어와, 하고 말할 뿐이었다. 그리고 이렇게 덧붙이기까지 했다.

"나, 남자들한테 열쇠 준 적 없는데."

남자'들'이라고 말할 땐 좀 더 신경 써서 무신경한 듯 말했다. 정우는 다시 무덤덤하게 웃으며 대답했다.

"잘 기억해봐."

"하긴, 내가 잊어버렸는지도 모르지. 어쨌든 아니면 됐어. 우리 집 아는 남자들한테 전화해서 물어봐야겠다, 누구 소행인지."

나는 전화를 끊었다. 삼 초 정도, 정우에게 한 방 먹인 것 같은 유치한 승리감에 취했다. 그러나 삼 초 뒤에는 입안 가득 씁쓸한 침이 고였다.

나는 심호흡을 했다. 차분하게 생각하자고 중얼거렸다. 냉정하자, 차분하자, 어린애처럼 굴지 말자…….

중요한 건, 그러니까 누군가 아무도 없는 집 안에 들어와 꽃을 두고 갔다는 사실이었다. 섬뜩한 일이었다. 더구나 여름에도 창문까지 다 잠가야 편안하게 잠이 들 수 있을 정도로 겁이 많은 성격 아닌가. 평소 같으면 당장 경찰서에 신고하고 난리 법석을 떨었을 것이다. 그 정도로 찝찝했다.

하지만 그날은 정우에 대한 섭섭함이, 그가 열중해 있다는 그의 연인에 대한 의혹이, 의혹을 말하지 못하는 답답함이, 답답함이 몰고 오는 자괴감이 찝찝함을 간단히 덮었다.

전화를 끊고 나는 천천히 일어나 주방으로 갔다. 혹 정우가 오면 같이 먹을까 해서 사둔 음식 재료들은 모두 냉동실로 들어갔다. 먹을 건 없는데 냉동실은 이미 터져 나갈 지경이었다. 언제 넣어두었는지 기억도 나지 않는 생선이며 고기 조각들이 빙하 속의 화석처럼 처박혀 있었다. 늘 정리하는데도 음식을 하는 일이 드물다 보니 어쩔 수 없었다. 나는 고기와 생선들 틈에 휴일을 정우와 함께 보낼 거라는 기대도 같이 쑤셔 박고 냉동실 문을 닫았다. 언젠가는 모두 꺼내서 버릴 것들이었다.

인스턴트 파스타를 삶아 저녁 대신 먹으며 TV에서 해주는 영화를 보았다. 언젠가 정우와 함께 본 적이 있는, 바브라 스트라이샌드와 로버트 레드퍼드가 나오는 오래된 영화였다. 정우는 영화를 좋아해서 고물상에서 늘 비디오테이프를 사 모으고, 가방 안에는 DVD를 몇 개나 넣고 다녔다.

"나이가 들면 저런 영화가 좋아지나 봐."

내 말에 정우는 웃으며 고개를 끄덕였다. 영화 속의 두 주인공처럼 나와 정우도 동창이었다. 과는 달랐지만 같은 인문대여서 얼굴을 알고 있었다. 나보다 4년 늦게 정우가 방송사에 입사했을 때 나는 그의 얼굴을 알아보았다. 정우도 알아보는 것 같았지만 형식상 하는 인사 외에는 가까워질 기회가 없었다. 그 무렵 나는 결혼과 함께 휴직을 하고 미국으로 갔다.

그때까지 내 삶은 벽지처럼 균일하고 질서 정연했다고 생각한다. 책에서 툭 튀어나온 듯한 모범생. 그게 나였다. 책에서 눈과 책의 거리가 30센티 이상이어야 한다는 걸 읽으면 그 후로 정확하게 30센티 간격을 유지했다. 베개가 낮을수록 몸에 좋다는 걸 알고는 그때부터 베개 없이 잠을 자는 습관을 들였다.

그때까지 나에게 인생이란 엄격함과 절제가 하루하루 모여 내가 원하는 곳으로 나를 데려다주는 것이었다. 그리고 내가 원하는 것이란 단순했다. 좋은 직업을 가지고, 그에 걸맞은 좋은 남편과 함께 좋은 아이를 키우는 것. 그 아이들 역시 좋은 직업을 가진 성인으로 키워 보람과 의미를 느끼는 것. 늦잠에서 깨어난 평화로운 일요일 같은 날들이 계속 이어지는 것.

인생에 함정이 있다는 것을 모르지 않았다. 하지만 책과 눈의 간격을 일정하게 유지하듯이 인생의 위험도 적절하게 간격을 두고 살 수 있을 거라고 믿었다. 모든 것은 노력과 의지의 문제라고 생각했고, 그건 내가 가장 자신 있는 부분이었다.

결혼은 생에 대한 그 모든 믿음과 기대, 자신감과 의지를 꺾어버렸다.

남편에게는 나와 결혼하기 불과 한 달 전에 이혼한 아내와 두 명의 자식이 있었다. 나는 아주 우연히 그 사실을 알게 되었다. 하나의 거짓말이 발각되자 다른 거짓말이 줄줄이 딸려 나왔다. 남편의 직업도, 재산의 규모도 모두 알던 것과 달랐다. 항의하는 나에게 남편은 그게 무슨 문제냐고 되물었다.

"당신은 내 직업과 재산 때문에 결혼했어?"

어이가 없었다. 결혼은 키스나 섹스가 아니다. 감정이 달아올랐다고 결정할 수 있는 게 아니다. 결혼은 결과가 아니라 시작이고 어떤 계획이다. 그리고 계획은 언제나 정확하게 이행되어야 한다는 게 나의 흔들리지 않는 생각이었다.

"사랑, 진심 운운하며 내 잘못인 양 만들지 말아요. 거짓말은 당신이 했어요."

그때는 막 딸을 낳았을 때였고, 결혼한 지 불과 1년이 지났을 때였다. 이혼은 소송으로 갔다. 결혼과 함께 그 전에는 몰랐던 남편의 이면을 알게 된 것처럼, 이혼소송과 함께 결혼 때는 몰랐던 이면을 또다시 알게 되었다. 남편은 잔인할 정도로 치밀하게 소송을 준비했고 이혼의 책임을 나에게 물었다. 남편은 나와 결혼하기 전, 결혼 사실에서부터 모든 걸 정확하게 말했다고 주장했다. 어떻게 된 일인지 남편의 전처가 남편에게 유리한 증언을 했다. 내가 모든 사실을 알고 결혼했다고. 분명 위증이지만 나는 그걸 밝힐 수가 없었다. 나는 패소했고, 이혼을 하지 않든가 아니면 남편의 요구대로 딸아이를 포기해야 했다.

"애미가 돼서 애를 두고 어떻게 살려고……. 그럼 너 마음 편하게 못 살아."

"그럼 그놈과 계속 살라고?"

엄마의 걱정에 아버지가 버럭 소리를 질렀다.

"자식 주고 오는 거 백번 잘했다. 떨어져 있다고 천륜이 어딜 가겠어?"

천륜이라는 단어에 엄마가 고개를 돌렸다. 엄마도 아버지와 재혼이었던 것이다. 아이까지 있었는데 첫 남편이 사고로 죽은 후 그 아이를 시댁에 주고 왔다는 것은 집안의 공공연한 비밀이다. 나는 아버지가 다른 그 오빠를 본 적조차 없었다. 그걸 왜 비밀로 해야 하는지는 모르겠지만 모두가 드러내놓고 말하기를 꺼렸다. 엄마는 그 일에 대한 침묵을 아버지에 대한 의무 혹은 의리라고 생각하는 것 같았다. 선입견 때문인지는 모르겠지만 나는 부모님의 관계가 언제나 채무자와 채권자 같은 분위기였다고 느꼈다.

평생 개인택시를 운전해온 아버지는 내 딸 재스에 대해 내가 생각하던 말을 정확하게 들려주었다.

"그 애는 엄마 없이도 잘 자랄 거야."

생각이 같은데도 반갑기는커녕 어쩌면 그렇게 반감이 치미는지. 그땐 정말 미국으로 날아가 재스를 찾아오려고 했었다. 아버지가 덧붙인 한마디가 내 발을 잡았다.

"저 애는 냉정한 애라 자기 일은 자기가 제일 잘 알아서 해. 이 말 저 말 보탤 거 없어."

그때는 내가 냉정하다는 수식이 오히려 듣기가 좋았다. 감정에 휘둘리지 않고 가장 현명한 판단을 하는 사람이라는 말로 들렸다. 나는 멋대로 냉정과 현명이라는 단어를 바꿔 썼던 것이다.

하지만 사람들은 나의 냉정을 실패와 바꿔 썼다. 팔자를 고쳐보려다 당했다고, 어떻게 애를 포기하느냐고, 친척들은 안타까운 척하며 내 앞에 대고 노골적으로 말했다. 회사 사람들은 예의 바르게 모른 척하며 뒤에서 수근거렸다. 그걸 어떻게 아느냐고? 글쎄, 증거는 없다. 내 불안, 공포 탐지기가 작동했을 뿐이다. 불안과 공포가 또한 멋대로 뻗어가려는 내 감정을 막아주었다. 나는 실패했지만, 냉정하게 현실로 돌아왔다.

다시 회사에 복귀하고 두어 해쯤 지났을 때 정우와 사귀게 되었다. 길에서 우연히 만나 저녁을 같이 먹게 되었고, 저녁은 술자리로 이어졌다. 이상한 저녁이었다. 피차 서로가 기억하는 모습은 극히 일부였지만 마치 지도를 들고 보물을 찾아다니는 어린애들처럼 서로의 기억을 맞추어보며 깔깔거렸다.

정우는 덩치가 크고, 클래식 음악과 판타지 소설을 좋아했으며, 이야기를 할 때는 상대방의 눈을 들여다보며 찬찬히 말했다. 술을 한잔하거나 기분이 좋을 때면 크고 두툼한 손으로 내 머리카락을 쓰다듬으며 그가 좋아하는 음악들, 그가 가보았던 이국의 장소에 관한 이야기를 조곤조곤히 들려주었다. 나는 정우의 낮고 느린 말투가 좋았다. 그것이 정우의 진지함을 보여주는 것 같았고, 이 사람이라면 나에게 거짓말 같은 건 안 하겠지, 하는 생각이 들었다.

처음부터 정우와 나는 회사 사람들의 눈을 피해 몰래 만났고, 그것은 이내 묵계가 되었다. 나는 내 처지에 대해 정확하게 말했고, 절대로 다시 결혼할 생각이 없다고 잘라 말했다.

"나도 지금은 결혼할 생각이 없어. 몇 년 후에나 생각해볼 거 같아."

정우가 그렇게 말했을 때 그 몇 년 후는 아주아주 먼 미래여서 걱정하지 않아도 될 어느 시점 같았다.

    그 무렵에는 좋은 일들이 많았다. 이를테면 우리 집에서 주말을 보내면서 내가 정우의 머리카락을 잘라주었던 일 같은 것.

    정우가 좋아하는 음악을 켜놓았고, 나는 주방 가위를 들고 와 목덜미를 덮은 정우의 머리카락을 잘랐다. 베란다에는 따뜻하고 환한 빛이 가득했다. 햇빛이 간지러워서인지 내가 가위질을 한 번 할 때마다 우리는 키득거리며 웃었다. 정우는 내 아이가 된 것 같기도 했고, 동생 같기도 했으며, 배고프다며 빨리하고 밥 먹자고 재촉할 때는 남편이 된 것 같기도 했다. 사랑한다는 것, 사랑이라고 말할 수 있는 것은, 그날 그 베란다의 경계 안에 머무는 것 같았다. 나는 아주 천천히, 아주 꼼꼼히 베란다 바닥에 떨어진 머리카락을 쓸어 담았다. 정우는 자신의 머리 모양을 보며 완전히 돌쇠가 되어버렸다고 말했다. 그때는 왠지 돌쇠라는 말이 너무 웃겨서 나는 눈물이 나도록 웃었다.

    정우는 말수가 적었지만 그가 내뱉는 말들은 내 가슴에 와서 박혔다. 정우와 함께 옛날 영화를 봤던 날, 섹스가 끝나고 등 뒤로 정우의 체온을 느끼며 나는, 로버트 레드퍼드가 바브라 스

46

트라이샌드의 신발 끈을 묶어주는 장면이 참 좋았다고 말했다.

"왜 하필 신발 끈일까?"

"왜냐면 여자가 힘없이 고개를 떨어뜨리면 안쓰러워 보여서 그래. 그런 모습을 보면 남자는 뭐든 대신 해주고 싶거든."

나는 파스타 그릇을 밀어놓고 고개를 푹 숙여보았다. 정우가 내 옆에 있고 그래서 나를 안쓰럽게 생각해주기라도 할 것처럼. 그러나 이내 고개를 들고 머리카락을 뒤로 넘겼다. 나를 보고 있는 사람도 없지만 누군가 나를 안쓰럽게 생각하는 것, 나를 안쓰럽게 생각해주기를 바란다는 것. 구차했다. 정신 차리자.

어서 오세요.

편의점 문을 열고 들어가자 점원의 경쾌한 음성보다 실내에 흐르고 있던 음악이 내 귀에 먼저 들어왔다. 그 노래는 며칠 전 내 방송에서 나갔던 곡이었다. 매일 밤 어두운 골목 끝에서 몰래 만나는 남녀의 이야기를 가사로 만든, 불륜의 느낌을 강하게 풍기는 노래였다. 선곡은 엄 피디가 직접 했다.

시간에도 통행료를 물려야 해. 우리가 훔친 사랑에 대해 우리가 대가를 치르듯이. 그래 우리는 이게 죄라는 걸, 잘못되었다는 걸 알아. 하지만 사랑은 점점 강해지기만 했지, 어두운 골목 끝에서.

엄 피디는 진지하게 노래를 따라 불렀다. 그 모습이 마치 무슨 사연이라도 가진 사람 같아서 도연과 나는 싱긋 웃음을 교환했었다.

"좋은 노래죠?"

내가 생수 두 병을 계산대 위에 올려놓자 알바생처럼 보이는 점원이 말했다. 자주는 아니지만 한 번씩 들르는 곳인데 처음 보는 점원이었다.

"네."

간단하게 대답하고 지갑을 꺼내는데 의외의 목소리가 들렸다.

"지금은 토요일 새벽 세시. 오늘 첫 곡으로 들으신 곡은……."

내 목소리였다. 내가 놀라 고개를 들자 점원의 미소 가득한 눈동자가 눈에 들어왔다.

"방송을 녹음해뒀다가 늘 들어요. 애청자거든요."

점원은 카세트테이프 하나를 나에게 보여주었다. '2002,

0606' 테이프에 적힌 녹음 날짜가 깜찍한 대칭을 이루고 있었다. 다시듣기 서비스가 이미 보편화되었는데 테이프에 녹음을 하다니.

"아, 감사합니다. 근데 어떻게 절 아시는지……."

점원은 그냥 웃기만 했다. 하긴 프로그램 애청자라면 네이버 인물검색에서 정은영을 넣어봤을 테고, 그랬다면 내가 제작하여 포털 사이트에 보낸 사진이 제일 먼저 검색에 떴을 것이다.

"한 번은 오실 줄 알았어요."

"네?"

"저희 가게에 오실 거라고 기다리고 있었어요. 제가 주문을 막 외웠거든요."

"주문?"

"네, 주문이요. 보고 싶은 사람을 내 앞으로 다가오게 만드는 주문."

미소를 띤 얼굴이었지만 표정과 말투는 아주 진지했다. 어린 아이처럼 눈동자가 크고 아주 짙었다. 도무지 나이를 가늠할 수 없는 얼굴이었고, 평범한 외모였지만 그래서인지 어디서 꼭 한 번 본 것 같은 친숙한 얼굴이었다. 내 마음속에 갑자기 구름 같은 것, 안개 같은 것이 피어올랐다.

"혹시……."

"혹시 뭐요?"

"혹시 저희 방송에 사연 올리지 않으셨어요? 전화 연결을 하셨다거나……."

"어떤 사연이요?"

점원의 눈이 킥킥 웃는 것처럼 보였다. 그러자 갑자기 좀 불쾌해졌다. 할 얘기를 질질 끌면서 약 올리듯 떠보는 건 질색이다.

"아니에요. 괜한 얘기였어요. 어쨌든 애청해주셔서 고마워요. 그럼 이만."

내가 생수병을 들고 편의점을 나가려는 순간, 잠시만요, 하고 점원이 말했다. 나는 황급히 몸을 돌렸다.

"아, 내 정신 좀 봐. 돈도 주지 않고."

지갑에서 만 원짜리 한 장을 꺼내 내밀었다. 점원은 잔돈 대신 내 손바닥에 뭔가를 올려놓았다. 플라스틱으로 만든 반지였다. 초등학생들이 드나드는 문방구 앞에 설치된 뽑기 기계에서 얻어걸렸을 법한 조잡하고 유치한 반지.

"이게 뭐죠?"

"부적이에요. 행운을 가져다줄 거예요."

괜찮다며 거절하려 했지만 점원의 표정이 너무 진지했다. 나는 잔돈과 함께 부적을 재킷 호주머니에 집어넣었다. 편의점을 나서는 내 등에 대고 점원이 말했다.

"우리는 또 만나게 될 거예요."

우리라니. 황당했다.

사람들은 그가 아주 멀리서 왔다고 말했습니다

일단 숨을 들이마시고 왼발을 클러치에서 떼며 오른발로 액셀을 밟는다. 가위를 생각해야 한다. 차가 뒤로 밀릴 때는 액셀을 밟는다. 계기판의 RPM이 20을 넘으면 기어를 바꾼다. 다시 클러치를 밟고 2단으로. 이어 3단, 4단.

나는 머릿속으로 반복해서 출발 과정을 그려보았다. 오른손은 기어를 꼭 잡고 놓지 않는다. 놓치면 모두 허사가 될 것 같다. 정면에 파란불이 들어왔다. 앞차가 출발한다.

나는 조금 전까지 그려본 대로 클러치에서 왼발을 떼며 오른발로 액셀을 밟으려고 브레이크에서 발을 뗐다. 그 순간 차가 뒤로 밀렸다. 나는 놀라 자동적으로 다시 브레이크를 밟았다.

차가 출렁하며 멈췄다. 안 된다. 이러면 안 된다. 가위, 가위처럼 발을 움직여야 한다. 그러나 브레이크에서 발을 떼는 순간 차는 더 심하게 주르륵 미끄러졌다. 빵, 뒤차의 경적 소리가 울린다.

액셀을 밟아요, 밟아! 보조석의 시험관이 외치지만 이미 내 다리는 몸에서 떨어져 나간 듯 움직이지 않았다. 등에서 식은땀이 흐르고, 눈앞의 오르막이 마치 천 길 낭떠러지처럼 아득하게 보일 뿐. 나는 있는 힘을 다하여 다시 한 번 액셀을 밟으려고 애를 쓴다. 있는 힘껏, 한 번만 힘껏.

그러나 왼발에도 함께 힘이 들어가 차는 웽 소리를 내며 공회전을 할 뿐이다. 클러치에서 발을 떼요! 떼! 다시 시험관이 소리쳤다. 놀라서 발을 떼는 순간, 시동이 철컥 꺼졌다. 시험관이 사이드브레이크를 올리라고 말하지만 이미 나는 정신이 나가 사이드가 뭘 말하는지도 떠오르지 않는다. 모든 것이 뒤죽박죽이고 불가해하다. 경사가 높지도 않은 오르막이 나를 비웃듯 눈앞에 놓여 있다. 시험관이 액셀만 밟으면 되는데 왜 그게 안 되느냐고 혀를 찬다.

그것만 하면 되는데, 그것만 하면 되는데…….

녹음이 늦춰졌다. 여러 개의 프로그램이 녹음실을 나눠 써야하니 종종 있는 일이었다. 운전면허 시험을 치르느라 아침부터지친 나는 오히려 다행이다 싶었다. 대본을 들고 사람들의 왕래가 별로 없는 구석진 휴게실을 찾아가 앉았다. 내가 회사에서 조용히 있고 싶을 때 자주 찾아가는 곳이었다.

아나운서실은 개편으로 어수선했다. 정기 개편은 이미 지났지만 월드컵 특수에서 경쟁사에 밀렸다는 결과가 나오면서 대규모 쇄신이 있을 거라는 소문이 파다했다. 월드컵으로 인기를크게 모은 방송 2년 차 후배가 간판 뉴스 프로그램으로 가게 되었고, 주부 대상 프로그램에서 인기를 끈 또 다른 후배는 프리를 선언하고는 거금의 계약금과 함께 매니지먼트 회사와 계약을 맺었다고 했다. 이제는 그런 소식에도 무덤덤했다. 한동안은나만 도태되고 있는 듯한 불안과, 내색은 하지 않았지만 잘나가는 후배들에 대한 질투, 세상이 불공평하다는 분노에 시달렸었다. 다행인지 불행인지 그런 감정은 지나갔다. 성숙이란 어쩌면전반적인 의욕 상실을 의미하는 건지도 모르겠다.

나는 눈앞에 펼쳐놓은 대본에 건성으로 시선을 던지며 핸드폰만 만지작거렸다. 며칠 동안 고르고 고른 단어들, 가능하면 감정이 묻어나지 않고 무덤덤하게 보이도록 고른 단어들이 내 머릿속을 돌아다녔다. 하지만 문자 창에 입력하고 나면 언제나 부적절하게 보여 나는 번번이 취소를 눌렀다.

정우가 결혼한다면 도대체 어떤 여자와 할까. 예쁠까. 문득 떠오른 생각에 나는 혀를 찼다. 왜 여자들은 이런 순간에 상대방 여자를 더 궁금해할까. 중요한 것은 누구와 연애를 하느냐가 아니라, 어떻게 정우가 나 몰래 연애를 했느냐이다. 그런데도 도대체 어떤 여자일까, 몇 살일까, 얼마나 예쁠까 하는 생각이 끊어지지 않았다. 그게 무슨 상관이라고.

정우와 만난 지 1년쯤 되었을 때 일본 홋카이도로 단 한 번 같이 여행을 간 적이 있었다. 정우는 2월의 홋카이도를 무척 좋아해서 종종 찾아간다고 말했다. 세상에서 가장 아름다운 눈이 내린다는 그곳에서 사흘 밤을 보낸 아침, 눈을 떴을 때 정우가 나를 내려다보고 있었다. 잠이 덜 깬 손가락으로 눈을 문지르는 나에게 정우는 결혼하자고 말했다.

"뭐? 뭘 해?"

"결혼하면 어때, 우리."

나는 모포를 어깨에 두르며 일어나 앉았다. 일본식 료칸은 분위기는 있지만 추웠다. 창밖은 여전히 흰 눈으로 덮여 크리스마스카드처럼 동화적인 표정이었지만 벌써 지루해지려는 중이었다. 결혼이란 창문 너머로 바라보는 눈 내리는 풍경 같은 것일 거라고 나는 생각했다. 멀리서 볼 때만 아름다운…… . 정우는 멀어서 아름다운 그것이 다가왔을 때의 환멸을 모르는 얼굴이었다. 나는 사랑보다 환멸이 더 길고, 질기다는 것까지 알고 있었다.

"결혼하고 싶으면 결혼해. 이혼하고 나랑 다시 만나."

내가 웃으며 말하자 정우도 피식 웃고는 더 말을 하지 않았다.

그때 했던 말은 반은 진심이고 반은 농담이었다. 요즘 세상에 한 번쯤 결혼에 실패한 게 무슨 대수냐고, 초혼남과 재혼녀의 결합이 그 반대의 경우보다 더 많다고 하지만 각자의 사정은 다른 법이다. 나는 더 이상 결혼으로 회사의 이목을 끌고 싶지도 않았고, 결혼을 위해 여러 가지를 무릅쓰는 일도 하고 싶지 않았다.

더 정확하게, 더 솔직하게 말하자면 나에게는 더 큰 확신이 필요했다. 정우가 정말로 나와 결혼을 원한다는 확신. 그래서 결혼하자고 다시 한 번 더 진지하게 말해주기를 기다렸을 뿐이다. 결혼 같은 건 두 번 다시 하기 싫다고 내가 말할 때, 내 말너머에 있는 것을 들여다봐주기를. 자격지심에 사로잡혀 있는 사람은 더 큰 인정, 더 큰 사랑을 요구하는 법이라는 걸 알아주기를. 그래서 나는 기다렸다. 정우는 두 번 다시 그 말을 꺼내지 않았다.

나는 다시 대본으로 눈길을 돌렸다. 대본 곳곳이 사랑 이야기였다. 잠 못 이루는 밤에 사람들은 왜 그렇게 사랑 이야기를 하고 싶어 하는 것일까.

'마법사 님이 청한 노래'라는 구절이 눈에 들어왔다. 신청곡은 소닉 유스의 〈슈퍼스타〉였다. 부스럭거리는 잡음에 섞여 한숨과 함께 시작되는 노래. 기억이 났다. 그날 집에 와 있던 꽃다발. 여전히 이해가 되지 않았다. 그게 어떻게 침대 위에 놓여 있었는지. 도연은 마법사의 사연을 옮겨놓았다.

……내가 좋아하는 사람은 나를 몰라요. 나는 그녀가 나를 찾아주기를 기다리고 있지만 그냥 기다리는 것은 아니에요. 나는 그녀에게 신호를 보내고 있어요. 처음에는 아주 작은 것들

이었어요. 강가에서 주워온 작은 조약돌, 올해 처음 떨어진 낙엽, 공원의 비둘기가 남기고 간 하얀 깃털…….

하얀 깃털이라는 단어 앞에서 나는 잠시 멈칫했다. 얼마 전 집 안에 흘러들어 놓여 있던 새의 깃털이 생각났다. 혹 집 안에 조약돌이나 낙엽이 들어와 있었던가. 기억나지 않았다. 일주일에 한 번 도우미 아주머니가 집 안을 청소하고 돌아갔다. 혹 정우가 남기고 간 흔적을 아주머니가 볼까 봐 쓰레기를 묶어서 버리는 것 외에는 청소를 도우미 아주머니에게 맡기고 있으니 그런 것이 있었다 해도 모르고 지나쳤을 것이다.

……이번에는 촛불을 준비했어요. 그걸 얼마나 연습했는지 몰라요. 그걸 보면 그녀가 나를 찾아올 거예요. 그녀가 깜짝 놀라는 얼굴을 생각해요. 그때 나는 행복해요.

"여기서 뭐 해?"

정우였다. 나는 놀라 습관적으로 주변을 둘러보았다. 무심하게 지나가는 몇몇 직원들만 보일 뿐, 우리를 바라보고 있는 사람은 없었다.

"녹음 기다려."

내 목소리가 안심해도 좋을 만큼 충분히 무덤덤했다.

"나는 어제 왔어."

"참, 촬영 간다고 했지."

정우가 피식 웃었다.

"제대로 기억 못 할 줄 알았지. 자, 이거."

정우가 호주머니에서 작은 상자를 꺼내 건넨다.

"이게 뭐야?"

"빨리 받기나 해. 누가 보겠어. 나중에 집으로 갈게. 간다."

정우는 그렇게 말하고 성큼성큼 걸어가버렸다. 나는 정우가 준 상자를 호주머니에 집어넣었다. 호주머니 안에 뭔가 잡혀서 꺼내 보니 편의점 점원이 준 플라스틱 반지였다. 다시 보니 아주 싸구려는 아닌 듯 반지에 박힌 붉고 큼직한 유리구슬이 투명하게 빛났다. 행운을 가져다준다던 그 점원의 말이 완전히 거짓은 아닌 모양이었다.

정우는 아홉시쯤 집으로 왔다.

나는 냉장고에 넣어둔 인스턴트 페이스트를 꺼내 막 삶은 파스타와 함께 그릇에 담아냈다. 파스타는 정우가 그다지 즐기지 않는 음식이었다. 무심한 것처럼 보이게 하려고 일부러 고른

메뉴였다. 정우는 별말 없이 포크를 집어 들었다.

"저 옹기들은 뭐야?"

수상한 꽃들을 꽂았던 그릇들이 싱크대에 놓여 있는 걸 보고 정우가 물었다.

"혹 시집이라도 가게 될까 봐 혼수로 사뒀지."

정우가 푸하하 웃음을 터트렸다. 나도 같이 웃었다.

"참, 선물 아직 안 뜯어봤네."

"너도 참. 여자들은 그런 거 받으면 당장 확인하는 거 아닌가?"

나는 대답 대신 웃고는 정우에게서 받은 상자를 재킷에서 꺼내왔다. 그건 연극이 아니었다. 회사에서는 선물을 확인할 새가 없었다. 집으로 오는 택시 안에서 열어볼 수 있었지만 혹 어두운 차 안에서 흘리기라도 할까 봐 조심스러웠다. 도로는 밀렸고, 집에 와서는 서둘러 샤워를 했다. 안 한 듯이 자연스럽게 화장을 하는 데는 시간이 많이 걸렸다. 그러는 사이 선물받은 것을 깜빡 잊어버렸다. 어쩌면 무심한 척하는 연극이 너무 몸에 밴 까닭에 이제는 천성처럼 되어버린 건지도 모르겠다. 습관은 제2의 천성이라고들 하니까.

상자 안에는 물방울 모양의 작은 귀걸이가 들어 있었다. 그것은 나를 놀라게 만들었다. 정우가 고를 법하지 않은 선물이었다. 3년 가까이 만나면서 정우는 주로 면세점에서 사온 가방, 지갑, 화장품 등을 선물로 주었다.

"야, 이거 진짜 다이아래. 인조가 아니고. 이리 와봐. 내가 걸어줄게."

정우는 의자에서 일어나 나에게 다가왔다. 정우의 손가락이 귀에 닿자 전류 같은 것이 심장 한복판까지 곧바로 도착했다. 그게 너무 강력해서, 너 결혼해, 하는 말이 툭 튀어나오려는 것을 꾹 참았다.

"예쁘다."

"당연하지."

"너 말고 귀걸이."

실없는 농담을 주고받으며 나는 거울 앞으로 가서 귀걸이를 확인했다. 눈물방울 같은 것이 귓불에서 딸랑거렸다.

정우는 포크를 들고 즐기지도 않는 파스타를 먹기 시작했다. 나도 식탁으로 돌아와 포크를 집어 들었다. 정우와 눈이 마주치자, 나는 머리를 흔들어 귀걸이를 딸랑대며, 괜찮은데, 라고 한 마디만 했다. 정우는 다시 피식 웃었다.

지극히 평범하고 사소한 저녁 같았다. 적당히 때우는 저녁을 먹고, 차를 마시며 아홉시 뉴스를 보았다. 월드컵과 대통령 선거. 열렬히 지지하는 후보를 가진 정우는 그의 지지율이 떨어지는 것을 염려하며 한숨을 쉬었다.

"겨울은 아직 멀었어."

내가 위로하자 정우는 고개를 끄덕였다. 열시가 되자 정우는 욕실로 들어가고, 나는 찻잔을 씻었다. 3년쯤 되면 정해진 순서가 생기는 법이다. 익숙한 과정이 너무 편안해서 아무것도 변하지 않을 거라는 생각이 들었다.

정우는 긴 시간 공들여 애무했다. 마치 지도만 들고 목적지를 찾아가는 순례자처럼 서두르지도 않고 길을 잃고 헤매지도 않고, 성실하고 침착하게. 내 흥분은 점점 거세지는 파도처럼 다가왔다 사라지기를 반복했다. 그것이 다가올 때는 조급함 때문에 가슴이 뛰고, 사라질 때는 애달파서 정우를 껴안았다.

"말해봐."

"무슨 말?"

"아무 말이나."

정우는 말 대신 낮게 웃으며 두툼한 손으로 내 머리카락을 쓰다듬었다. 정우는 내가 그걸 얼마나 좋아하는지 짐작도 못할 것이다. 나는 정우의 목소리를 듣고 싶어 했고, 정우는 내 몸을 보고 싶어 했다. 어느 순간이 오면 정우는 항상 사이드테이블에 놓인 스탠드를 켰다. 그 또한 익숙했다. 시력 나쁜 내 눈에 들어오는 정우의 희미한 모습, 과하지도 부족하지도 않은 딱 알맞은 무게, 체온, 움직임. 새로울 것 없는, 그러나 새롭지 않아서 더 큰 기쁨과 비록 순간일 뿐일지라도 마치 모든 것을 다 가진 것 같은 충족감이 나를 찾아왔다. 나는 울 것 같은 기분이었다. 잠시, '우리'라는 일체감, 사랑이라는 환각이 세트로 딸려왔다.

그러나 그것은 극히 짧은 순간일 뿐이다. 각자 욕실을 번갈아 사용하는 순서가 오고, 혼자 침대에 누워 욕실의 물소리를 듣고 있노라면 조금 전의 격정과 일체감이 꿈처럼 여겨졌다. 나를 쳐다보지도 않은 채 수건으로 머리를 털고 있는 상대방은 조금 전 어둠 속에서 마치 이 세상에서 오직 하나뿐인 것처럼 껴안고 있던 그 사람이 아니다. 몸의 깊은 곳에 흥분은 여전히 숙취처럼 남아 있지만 문득 상대방이 무엇을 생각하는지 궁금해진다. 그도 나와 같은지.

나는 일어나 헝클어진 머리카락을 손가락으로 쓱쓱 넘겨 빗으며 냉장고에서 주스를 가져왔다. 정우는 주스 한 잔을 꿀꺽꿀꺽 다 비우고 티셔츠를 뒤집어써서 입었다. 그러고는 나에게 다가와 내 머리를 안았다. 의외의 행동이어서 나는 눈으로 왜, 라고 물었지만 동시에 그 다정함에 오 초쯤 취했다. 정우는 낮게 한숨을 쉬었다. 그리고 말했다.

"나, 결혼할지도 몰라."

마치 나 촬영 가, 혹은 저녁에 집으로 갈게, 할 때처럼 사소하고 일상적인 말투였다. 나는 가벼운 두통을 느꼈다. 멀미를 할 때처럼 속이 울렁거렸다. 다행히 담담하게 대답할 수 있었다.

"할지도 모른다니?"

"아직 완전히 결정된 건 아니라는 뜻이야. 미리 말해둬야 할 것 같아서. 넌 별로 신경 안 쓰겠지만."

신경을 안 쓴다고? 정우는 지금 정말로 그렇게 믿고 있는 것일까. 아니면 나의 반발을 막아버릴 심산으로 그렇게 선수를 치는 것일까.

"언제부터 만났어?"

"얼마 되지 않았어. 집에서 하도 성화여서 만났는데 그쪽에서 적극적이야. 나도 별 불만 없고."

별 불만이 없다는 상태는 어떤 것일까, 나는 생각했다. 아니 그런 생각이 스쳐 지나갔지만 아주 잠시였다. 나는 그저 멍했다. 아무 생각도 떠오르지 않았다.

"언제 하느냐고 안 물어보는구나."

"내가 알아야 해?"

"뭐, 꼭 그럴 건 없지."

"왜 진작 말하지 않았어?"

"선 한 번 봤다고 너한테 우리 그만 만나자, 할 수는 없잖아. 어떻게 될지도 모르는데."

나는 정우를 쳐다보았다. 그럼 나는 그 여자랑 잘되지 않을 때를 대비해 깨지 않고 남겨놓은 적금 같은 거냐고 물어보고 싶었지만 정우가 다시 나를 안았다.

"어쩜 네 말대로 돼가는 건지도 몰라. 내가 한 번 결혼하고 돌아오면 너랑 나는 똑같아지는 거지."

그렇게 말하고 정우는 나에게서 떨어져 겉옷을 걸쳤다. 그런 정우가 아주 부당하게 느껴졌는데 뭐가 부당한 건지 꼬집어 말할 자신이 없었다. 정우는 방을 나서며 돌아보았다. 나를 쳐다보는 정우의 시선은 너무 부드러워서 평생 나만 바라볼 사람처럼 보였다.

"나 갈게."

정우는 문을 닫고 나갔다. 잠시 후 현관문이 열리고 닫히는 소리, 계단을 내려가는 발자국 소리가 들렸다. 나는 쫓아가 현관문을 잠그는 것도 잊고 침대에 가만히 앉아 있었다.

도대체 이게 뭐지? 왜 이렇게 된 거지?

내가 했다는 말들은 사실이었다. 정우가 결혼할 때를 대비한다고 했던 것. 그뿐이 아니다. 어서 결혼하라고, 그 말도 여러 번 했다. 하지만 정우가 그 말들을 이런 날에 대비해 어음처럼 가지고 있을 줄은 몰랐다. 결제 날짜를 정우가 정할 줄도 몰랐다. 이건 뭔가 잘못되었다. 정우가 틀린 말을 한 건 아니지만 틀렸다. 그는 자신이 전혀 부당한 게 아닌 것처럼 말했지만 분명히 부당했다.

나는 벌떡 일어나 현관문을 열고 달려 나갔다. 2층 계단을 내려오는데 주차장에서 차가 나가는 소리가 들렸다.

"잠깐만!"

나는 차 꽁무니를 쫓으며 미친 듯이 뛰었다. 급한 김에 보지도 않고 발에 걸고 나온 슬리퍼 한 짝이 벗겨졌다. 나는 슬리퍼를 찾아 신을 새도 없이 그냥 달렸다. 정우를 붙잡아야 한다는 생각밖에 없었다.

"거기 서, 송정우! 거기 서란 말이야!"

그러나 정우의 차는 공원 옆길을 돌아 그대로 사라져버렸다. 베란다에서 내려다볼 때보다 차는 더 빨랐다. 모퉁이를 돌자 자동차의 붉은 미등 불빛은 이미 사라지고 없었다. 나는 걸음을 멈추었다. 운전면허는 아직 따지 못했지만 차에 백미러, 사이드미러가 있다는 것쯤은 알고 있었다. 정우는 나를 보지 못했을까. 아니면 보고도 그냥 가버린 것일까.

정신을 차리고 보니 내가 미친 것 같은 표정을 하고 신발 한 짝을 잃어버린 채 공원 가로등 아래에 귀신처럼 서 있었다. 사람들이 나를 힐끔거리며 지나갔다. 그들의 얼굴에는 호기심과 동정심이 적당히 뒤섞여 그 순간 내가 어떻게 보이는지를 알려주었다.

혹시 누가 나를 알아보면 어쩌지, 하는 두려움이 머리를 스쳤다. 나는 피식 웃었다. 피해망상의 본질은 과대망상이다. 항상 남의 시선을 의식하는 것, 그건 스스로 대단한 사람이라고 믿고 싶기 때문이다. 현실은 다르다. 누구도 나를 모르고, 나에게 관심도 없다. 분명 남자와 싸우다 혼자 남겨진 것처럼 보이는 꼬라지일 테지만, 그 또한 흔하디흔한 이야기일 뿐이다.

나는 슬리퍼 한 짝을 질질 끌며 집으로 돌아갔다. 지나가던 행인 하나가 떨어져 있던 슬리퍼 한 짝을 주워 내 앞에 가져다주었다. 고개를 들고 보니 위층 할머니였다. 할머니는 여전히 우아한 옷차림에 쌀쌀맞고 무표정했다. 나와 눈이 마주쳤지만 할머니는 아무 말도 하지 않았다. 그런데도 할머니가 모든 걸 다 알고 있다는 느낌이 들었다. 한밤중에 여자가 신발도 잃어버리고 길바닥에 서 있는 이유를.

나는 슬리퍼를 고쳐 신고 할머니처럼 허리를 꼿꼿이 폈다. 그리고 할머니의 뒤를 따라 집으로 돌아왔다. 정신없이 달려나가느라 문도 잠그지 않은 채였다. 현관에 슬리퍼를 벗어놓고 거실로 들어서는 순간 나는 놀라 우뚝 멈춰 섰다.

집 안 가득 촛불이 켜져 있었다. 커피 테이블과 장식장 위. 조금 전 정우와 밥을 먹었던 식탁 위에까지. 거실의 오디오에서는 음악이 흘러나오고 있었다. '어두운 골목 끝에서 우리는 늘 만났지. 어둠은 우리의 모습을 감춰주었고, 골목 끝 어둠 속에서 우리 둘만 있었지. 시간에도 통행료를 물려야 해…….'

나는 믿을 수가 없어 오디오의 플레이를 멈추고 테이프를 꺼내보았다. 테이프에는 어린아이 같은 조잡한 글씨로 방송 날짜가 적혀 있었다. 그 글자는 분명 낯익은 것이었다. 나는 테이프를 꺼내 들고 다시 현관문을 뛰쳐나갔다.

어서 오세요.

편의점 문을 열고 들어가자 들려오는 목소리는 지난번 점원이 분명했다. 늦은 시간인데도 위층에 독서실이 있어서인지 컵라면을 먹는 고등학생들로 편의점 안은 북적거렸다. 담뱃값을 계산하고 있는 남자를 밀치듯 파고들며 나는 점원 앞에 섰다. 점원은 전혀 놀라는 표정 없이, 마치 기다리고 있었다는 듯 나를 향해 방긋 웃었다.

"천온희 씨 맞죠?"

"네."

"방송국으로 전화하셨죠?"

전화를 통해 천온희라고 수줍게 자신을 밝히던 점원이 지금은 재미있어 견딜 수 없다는 표정으로 고개를 끄덕였다. 그 표정 때문에 나는 화가 머리끝까지 뻗쳤다.

"저한테 무슨 짓을 하신 거죠? 우리 집은 어떻게 알았고, 어떻게 들어왔어요?"

온희는 눈을 동그랗게 뜨고 아무 말이 없었다.

"말을 해보라구요. 도대체 무슨 수를 쓴 거예요? 우리 집에 어떻게 들어왔어요? 경찰을 불러야 대답할 거예요?"

그때 고등학생들을 헤치고 가게 안쪽에서 제복을 입은 말단 경찰 하나가 다가왔다.

"무슨 일이십니까?"

나는 순간 말문이 막혔다. 설명하려면 난감한 이야기였다. 내 목소리가 힘없이 더듬거렸다.

"설명하려면, 좀 복잡한데……. 그러니까, 제가 방송국에서 일하는데요."

담뱃값을 계산하던 남자와 고등학생들이 호기심을 반짝이며 나를 바라보았다. 내 목소리는 마치 죄라도 지은 사람처럼 더욱 작아졌다.

"아, 이걸 어떻게 설명해야 되지……. 그러니까 이분이 애청자라면서 우리 방송에 전화를 자주 했거든요……. 그 뒤로 우리 집에 자꾸 이상한 물건들이 와 있고, 조금 전에는 집에 이런 게 와 있는데, 이 테이프 보세요. 여기 적힌 글씨가 이분 필적이거든요."

두서없는 말임에도 경찰은 고개를 끄덕였다. 경찰이 점원에게 물었다.

"이분 집에 간 적이 있어요?"

"아뇨. 전 이분 집도 몰라요."

"그거 증명할 수 있어요?"

그때 다른 남자가 다가왔다. 편의점 사장이었다.

"얘는 저녁때부터 여기 계속 있었어요. CCTV가 있으니까 확인해드릴 수도 있어요."

경찰이 내게 물었다.

"CCTV 확인할까요?"

나는 난감했다. 사장까지 짜고 나를 속일 것 같지는 않았다.

"아, 아뇨. 그렇다면 맞는 말이겠죠. 제가 착각한 건지 모르겠네요……. 번거롭게 해드려 죄송해요."

"제가 좀 더 알아보고 이상한 게 있으면 연락드리겠습니다. 죄송하지만 연락처가⋯⋯."

나는 경찰의 수첩에 집 전화번호를 적어주었다.

"이상한 물건이 와 있다면 집 안 단속에 좀 더 신경 쓰시구요. 그래도 이상한 일이 또 있으면 저희한테 연락주세요."

"네, 감사합니다."

나는 여전히 찜찜했지만 더는 따질 수 없었다. 조금 전 내가 한 이야기는 내가 듣기에도 정신 나간 소리 같았다. 나는 다시 한 번 점원을 힐긋 노려보고는 편의점을 나왔다.

유난히 길고, 지치고, 모든 게 헝클어져 정리가 안 되는 하루였다. 정우의 차 꽁무니를 쫓아간 것도, 편의점으로 달려간 것도, 모두 미친 짓 같았다. 내가 진즉에 미쳐서 헛것을 보았나, 하는 생각도 들었다. 지금 집에 가보면 촛불 같은 것은 사라지고 없을지도 모른다. 그럼 내일은 정신과에 가보자.

그때 누군가 나를 불렀다.

"저기요."

돌아보니 편의점 점원, 온희가 다가왔다.

"무슨 짓이에요? 날 미행했어요?"

"그게 아니에요. 절 오해하시는 것 같아 설명 좀 해드리려고……. 일 분이면 돼요. 일 분만 좀 들어주세요."

"됐거든요."

"꽃이랑 촛불, 테이프. 맞아요, 전부 제가 보낸 거예요. 방송국으로 전화 건 것도 저 맞구요. 하지만 몰래 누나 집으로 들어간 건 아니에요."

"무슨 말이에요, 그게? 그럼 꽃이랑 촛불이 저절로 왔다는 거예요? 아, 마술을 부린다고 하셨죠. 마술로 보냈다는 거예요?"

"마술이 아니라 마법이에요."

"마법이든 마술이든, 뭐든지 간에 나한테는 그런 거 안 통하니까 나중에 경찰서 가고 싶은 생각 없으면 이 순간부터 아무것도 보내지 마세요. 한 번만 더 이상한 게 우리 집에 와 있으면 당장 신고할 거예요."

"믿지 않는다고 존재하지 않는 게 아니에요."

나는 어이가 없어서 그를 노려보았다. 온희는 슬픈 듯이 나를 바라보더니 두 팔을 벌려 공기를 끌어안듯이 천천히 가슴으로 가져갔다.

순간 나는 흉기라도 꺼내려는 것인가 싶어 주변을 둘러보며 두어 걸음 뒤로 물러났다. 스토커, 편집증, 연쇄살인범 같은 단어들이 몰려왔다. 비명을 지르려는 순간, 온희는 두 팔을 다시 허공을 향해 좍 펼쳤다. 불꽃놀이의 폭죽이 터지듯이 온희의 손안에서 뭔가가 튀어나왔다.

흰 비둘기였다. 깃털 하나도 어두운 데가 없이, 완벽하게 하얀 새.

비둘기는 흰 날개를 퍼덕거렸다. 그 날개가 너무 하얘서 눈송이가 되어 떨어져 내릴 것 같았다. 비둘기는 날갯짓하며 온희의 머리 위를 한 바퀴 빙 돌더니 깜깜한 하늘 저편을 향해 날아올랐다. 비둘기가 사라진 자리에는 별이 하나 반짝, 했다.

산과 바다를 건너 그가 나에게 오는 동안

다음 날 나는 현관 열쇠를 버튼식 키로 바꿔 달았다. 또 한 번 운전면허 시험에서 떨어졌고, 정우에게서는 아무런 연락도 오지 않았다.

나는 배우처럼 생활하기 시작했다. 누군가 나를 지켜보고 있다고 생각하며, 특히 그 누군가가 바로 정우라고 생각하며 나는 아침 일곱시에 칼같이 일어나 출근을 하고, 혼자 영화를 보고, 마트에 들러 식료품을 사서 냉장고를 채워놓았다. 틈이 나면 싸이월드에 접속해서 일상의 사진들을 올렸다. 행복과 즐거움에 겨워 함박웃음을 띤 사진들. 방문자들은, 언제나 밝은 모습 보기 좋아요, 라고 댓글을 달았다. 보기 좋으라고 올린 사진이니 당연히 그럴 테지. 소통이란 자신이 보이고 싶어 하는 모습을 보여주는 것인지 모른다. 주말에는 돈만 내고 가지 않던 피트니스클럽에 가서 힘든 운동을 하며 시간을 보냈다. 그리고 침대에 들면 아무 생각 없이 바로 잠에 들려고 노력했다.

사소한 사건도 있었다. 위층에 사는 할머니 집에 싸움이 일어나 저녁 내내 시끌벅적했다. 여자의 악쓰는 소리가 빌라 안을 울리고, 그릇과 집기가 부서지는 소리가 요란했다. 결국 관리인이 달려오고, 초인종을 누르고 문을 두드리고 수선을 피운 끝에 소음은 잦아들었다. 이제 끝났나 보다 하는데 문짝이 떨어져라 요란하게 닫히더니 앙칼진 여자의 목소리가 복도를 쩌렁쩌렁 울렸다. 듣기 민망한 욕설이었다.

그래, 자식 다 죽이고 너 혼자 어디 잘 먹고 잘 살아봐라. 혼자 돈 깔고 살면 배때기가 든든하냐? 시발, 저것도 엄마라고, 탯줄 끊었을 때 내가 그 자리에서 콱 뒈졌어야 했는데. 야, 니가 나를 키우길 했냐, 공부를 시켰냐. 니가 에미 짓 한 게 뭐가 있어, 한번 생각해보라고!

여자는 빌라 바깥으로 나간 후에도 분이 풀리지 않는지 계속 악을 써댔다. 이윽고 여자의 목소리가 영화의 효과음처럼 페이

드아웃되자 욕설보다 더 진한 적막이 찾아왔다.

　나는 한숨을 내쉬며 양치질을 하기 위해 침실에 딸려 있는 욕실로 들어갔다. 위층 할머니는 무슨 사연으로 딸과 저렇게 되고 말았을까. 사람들은 모성에 대한 환상을 가지고 있다. 그것은 어느 정도는 사실이어서 엄마가 딸을 키우지 않았다는 것을 누구도 쉽게 이해하지 못할 것이다. 내가 이혼했을 때 사람들이 가장 관심을 가진 것도 어떻게 딸까지 포기했냐는 것이었다. 아직까지도 회사에서는 이혼보다는 바로 그 점 때문에 나에 대해 수군거리는 목소리가 돌아다녔다. 정우조차 그 일을 두고, 너는 참 대단해, 라고 말했다. '대단해'라는 그 단어에 들어 있는 것은 나의 냉정함에 대한 어떤 평가였다. 나는 아무 말도 하지 않았다. 그 문제에 있어서는 모두가 남이었다.

　나는 문득 위층으로 올라가 할머니를 위로해주고 싶다는 충동이 일었다. 할머니의 울음소리가 들려온 것은 그때였다. 끅끅 소리와 함께 잔뜩 억눌린 울음이 욕실의 환풍구를 타고 흘러들었다. 나는 할머니의 울음을 방해할까 봐 양치질을 멈췄다.

　나도 저렇게 운 적이 있지, 라고 생각했다. 하지만 아니었다. 나는 어릴 적부터 좀처럼 울지 않는 아이였다. 눈물이 쏟아질

네이처 보이　77

것 같은 기분은 수시로 찾아왔지만, 이혼 후 재스와 헤어질 때 조차 나는 울지 않았다.

나는 조심조심 밖으로 나와 거실에 있는 화장실로 가서 입을 헹궜다. 그리고 주방에서 후배가 선물로 준 중국차를 집어 들었다. 차를 좀 드시라고 하며 할머니 집 초인종을 누를 생각이었다.

하지만 할머니의 쌀쌀맞은 얼굴이 떠올랐고, 이렇게 난감할 때 방문한다는 게 고약하게 받아들여질 수도 있다는 생각이 들었다. 내가 울고 있을 때 누가 방문한다면 결코 반갑지 않을 것이다. 나는 중국차를 제자리에 두고 그냥 잠자리에 들었다. 위층에서는 더 이상 아무 소리도 들리지 않았다.

도연이 위기에 처한 프로그램을 살릴 새로운 코너라고 장만해온 것은 '내가 사랑했던 영화'였다. 기억에 남는, 잊을 수 없는 영화를 사연과 함께 소개하고 음악을 듣겠다는 것이었다.

좀 더 참신한 거 없을까.

일일이 말은 않지만 연일 국장에게 불려가 까이고 있는 엄 피디는 썩 내켜하지 않았다. 엄 피디가 제안한 것은 '10년 후의 내 모습'이었다. 월드컵 이후 충만해진 자신감을 바탕으로 희망과 꿈을 이야기해보자는 것이었다. 나와 작가들은 동시에 아우성을 쳤다.

"10년 후라고 하니 희망보다는 독거노인밖에 생각이 안 나요. 저 어떡해요?"

"말만 들어도 오던 잠이 확 깰 것 같은데……."

"10년 후에 내 나이가 마흔여섯인 걸 매시간 확인해야 직성이 풀리겠어?"

일치단결된 아우성에 엄 피디가 포기했다.

"그래, 역시 사람은 미래보다는 추억을 먹고 사는 동물이구나. 추억의 영화음악으로 가자, 가자고."

첫 시간에는 내가 직접 영화 〈추억〉을 선택했다.

"도연아, 이 영화에서 로버트 레드퍼드가 왜 바브라 스트라이샌드의 신발 끈을 묶어주었는지 아니? 여자가 고개를 푹 떨어뜨리면 남자는 뭔가 도와주고 싶어진대."

"언니, 그 멘트 좋아. 당장 써먹자구요."

도연이 부지런히 자판을 두드리는데 자료를 정리하던 현지가 말했다.

"난 다음에 남자 만나면 목에서 뼈를 빼버릴 거예요."

그러자 도연이 현지에게 쏘아붙였다.

"넌 스물네 살이야. 감히 성숙한 어른들이 남자 얘기하는 데 끼어들지 말라 그랬지?"

"왜 그래? 쟤도 남자는 사귀어야지."

"언니, 얘 요즘 연애해요."

"얼마 전에 헤어졌다고 하지 않았어?"

"새로 또 만났대요. 스물네 살이잖아요. 아, 언니. 이건 정의가 훼손당하는 거 아니에요?"

그날 새로운 코너 첫 순서로 〈추억〉의 주제곡을 깔고 나는 도연이 쓴 멘트를 읽었다.

"모든 사랑은 비슷한 줄거리를 가지고 있습니다. 누군가가 누군가를 만나고 좋아하다 헤어지는 것. 그러나 이 단순한 줄거리 속에는, 누군가가 했던 말, 누군가가 했던 행동, 누군가가 썼던 편지, 누군가가 먼저 떠나버린 자리가 있습니다. 그리고 누군가는 그 빈자리에 서 있는 것이죠. 헤어진 그들은 각자 자신이 원하는 기억, 마음에 드는 추억을 선택합니다. 그래서 두 사람이 함께했던 사랑은 전혀 다른 것이 되는 것이죠."

새 코너의 반응은 좋지 않았다. 안이하고 오래된 스타일이라며 국장이 짜증을 냈다고, 엄 피디가 우울한 얼굴로 전해주었다. 작가들도 나도 온몸에서 힘이 쭉 빠졌다. 힘이 쭉 빠진 상태로 녹음을 마치고 대책을 위해 같이 저녁을 먹었다. 저녁을 먹고는 술자리로 옮겨 역시 대책을 가장한 신세 한탄에 열을 올렸다.

"도연아, 멘트 칠 때 조금 더 튀게 안 될까."

엄 피디가 말하자 도연이 술잔을 감싸 쥐며 한숨을 내쉬었다. 현지도 덩달아 울상이 되었다.

"정 아나 스타일이 좀 차분하게 끌고 나가는 쪽이니까 개성 없다 소리 안 나오게."

국장이 나의 진행 스타일을 두고 뭐라고 한 모양이었다. 다시 속이 갑갑해져왔다.

"국장은 잠도 안 자고 밤새 모니터한대? 부부 생활에 문제 있는 거 아냐?"

"나를 욕해. 내가 제일 문제야, 내가. 지금까지 내가 대충했어."

"지금 자아비판 시간이에요?"

"아냐, 내 진심이야. 이제 좀 빡세게 해야겠어. 정 아나, 기대
해. 내가 당신 장수 진행자 만들어줄 거야."

장수 진행자, 꿈처럼 달콤한 얘기였다. TV에서 잘나가는 아
나운서는 되지 못했지만 라디오 고정에 욕심이 있는 건 사실이
었다. 자신을 브랜드화해서 하나의 프로그램을 10년, 20년 끌
고 가는 건 모든 진행자들의 꿈이기도 했지만, 오래전 어느 날
TV에 얼굴이 예쁘게 나오지 않는다는 말을 다른 사람의 입을
통해 들은 그날부터 나는 간절히 라디오를 원했다.

"말은 그렇게 하면서 사실은 새 진행자 알아보는 거 아냐?"

"정 아나, 왜 그래? 내가 당신 팬인 거 몰라?"

"당연히 알고 있지. 남자들은 다 날 좋아해."

"한 번쯤 겸손해보면 어때?"

"내가 겸손 빼고 다 되는 인간이잖아."

"우리는 겸손 빼고는 다 안 돼. 현지야, 우리는 어떡하면 좋을
까."

도연과 현지가 한숨을 폭폭 쉬었다. 비정규직의 설움이라는
고정 레퍼토리가 나오기 전에 엄 피디가 술잔을 들어올렸다.

"자, 기죽을 거 없어. 하는 데까지만 해보는 거야."

모두 술잔을 들고 건배했다. 언제나 그렇듯이 우리들의 신, 청취율을 위하여. 술잔을 내려놓는데 엄 피디가 입구 쪽을 쳐다보며 말했다.

"야, 장철민!"

"너 여기서 뭐 하냐?"

"보면 몰라? 뭘 물어, 묻긴."

"반갑다는 뜻이야. 문맥 모르냐? 너야말로 뭘 물어?"

장 피디는 나와 작가들에게 꾸벅 인사를 해 보였다. 가깝지는 않지만 같은 직원이다 보니 초면은 아니었다. 하지만 내 눈에는 일행 속에 섞여 있는 정우가 먼저 들어왔다. 정우도 우리 쪽으로 다가왔다. 통로 하나를 사이에 두고 양쪽으로 테이블을 놓아둔 좁은 술집이라 피해갈 도리도 없었다. 이리저리 번갈아가며 인사를 나누고 일행들끼리 나눠 자리를 잡고 보니 정우는 나와 대각선을 이루는 곳에 앉았다. 나는 카메라를 의식하듯 정우를 의식하며 더 즐거운 듯이 작가들과 술잔을 기울였다. 엄 피디가 정우를 돌아보며 물었다.

"야, 송정우. 너 요즘 좋은 소식 들리더라. 날은 잡았냐?"

"잡긴 뭘 잡아요. 나보다 소문이 진도가 더 빨라."

"진도 안 빼고 뭐 하는 거야?"

"진도를 왜 엄 피디가 걱정해요?"

내가 말했다. 정우가 나를 쳐다보았다. 나는 방긋 웃으며 말했다.

"축하해요, 송 피디. 만난 지 얼마나 됐어요?"

"1년이나 됐대."

장철민 피디가 대신 말해준다.

1년.

짧은 두 단어가 내 가슴에 와서 콱 박혔다. 1년이나 되었구나. 정우는 나에게 얼마 전에 만났다고 말했다. 거짓말이었다. 1년, 한 해, 네 계절, 삼백육십오 일 동안 정우는 나를 속인 것이다.

"소개받은 게 1년 전이라는 거지. 그동안 모르고 지냈다니까요."

정우가 항변하는 게 들렸지만, 들리지 않았다.

"아, 짜증 나."

"당신이 짜증은 왜 나?"

엄 피디가 물었다.

"총각 하나가 사라지는데 짜증이 안 나요?"

엄 피디가 다시 정우를 돌아보며 말했다.

"야, 송정우. 정 아나가 총각 하나 사라진다고 우는소리 하네. 지금이라도 어떻게 안 되냐?"

"송 피디, 내가 붙잡기엔 너무 늦었어? 다시 한 번 잘 생각해 봐요."

내 농담에 작가들이 같이 웃었다. 정우는 좀 당황했는지 제대로 대답도 못 하고 피식 웃기만 했다.

"상대는 누구래요?"

도연이 엄 피디에게 물었다.

"그거 알아서 뭐하게? 스펙 좋은 여자겠지 뭐. 송 피디 집안이 빵빵하잖아."

"잘난 사람들은 왜 잘난 사람하고만 결혼하죠? 이건 정의롭지 않아요. 불평등을 심화시키잖아요."

늘 정의를 강조하는 도연이 말하자 현지가 슬픈 듯 답했다.

"언니, 조건과 돈이 행복을 주지 못한다는 걸로 위로를 삼아요, 우리."

"왜 행복을 못 줘? 돈이 행복을 가져다주지 못한다는 건 가난한 사람들이 폭동을 일으킬까 봐 만들어낸 말이야. 있는 놈들이 더 행복해. 이건 진리야."

"감독님은 꼭 그렇게 초를 쳐야 직성이 풀리세요? 진짜 폭동 나는 거 보고 싶으세요?"

"니들은 송 피디가 불행하기를 바라는 거야, 그럼?"

"네!"

작가 두 명이 나지막이 합창을 했다.

"능력 있고, 잘생기고, 집안 좋은 남자가 역시나 빵빵한 여자와 만나서 알콩달콩 행복하게 사는 게 젤 꼴 보기 싫어요. 언니, 맞죠?"

도연이 나에게 물었다. 그러자 엄 피디가 대답했다.

"니들 꼴 보기 싫어하는 그 커플이 바로 정 아나였어. 왜들 이래."

엄 피디는 이렇게 말하고는 자신이 말실수를 했다는 걸 알았는지 흠칫했다.

"왜 안 하던 조심을 하고 그래? 맞아. 과거엔 나도 잘나갔다니까."

내가 농담처럼 말했다.

"그러나, 지금은 나도 외로운 처지라 송 피디 같은 커플 꼴 보기 싫어. 망해버렸음 좋겠어."

작가들이 맞다며 박수를 쳤다. 엄 피디가 다시 몸을 틀어 정우에게 말했다.

"야, 여기 여성분들이 송정우 너 망하라고 고사 지낸다, 지금. 잘생긴 총각이 커플 되는 거 꼴 보기 싫대."

실없는 농담이었지만 그 순간 나는 내가 감추고 있던 것을 정확하게 알았다. 망해버려라, 이 결혼. 억누르고 있던 바람이 한번 새어나오자 단숨에 몸집을 부풀렸다.

어떤 식으로든 이 결혼이 깨져버렸으면 좋겠다. 식장으로 쳐들어가서 난리를 쳐버릴까. 하객들이 다 모인 자리에서 정우를 향해, 너 나랑 엊그제까지 같이 잤잖아, 하면서. 누구인지 얼굴도 모르는, 빵빵한 집안 출신의 신부는 가족과 친구들 앞에서 수모를 당해 사색이 될 것이다. 내가 알 게 뭐람. 정우도 어쩔 줄 몰라 쩔쩔매겠지만 사실을 부정할 수는 없을 것이다. 표정이 어떨까. 하객들은 어떤 얼굴이 될까.

하객들 중에는 드라마국장도 있고 본부장도 있고, 아나운서실의 누군가도 있겠지. 그러자 난폭하던 상상은 풍선에서 바람 빠지듯 흉물스럽게 쪼그라들어버렸다. 결혼하기 전 여자 친구가 있었던 게 뭐 그리 대수라고, 가십거리는 될지언정 신혼부부는 그들의 행복한 생활로 돌아갈 것이다. 가십의 주인공이 되어 모양 빠지는 건 나일 뿐.

그건 못 하겠다 생각하자 다른 방법이 떠올랐다. 폭력적 방법 대신 정신적 모욕을 가하는 것이다. 무슨 수를 써서라도 결혼 직전까지, 아니 가능하다면 결혼 후까지도 정우를 계속 내 집으로 불러들이겠다고 결심했다. 이 결혼은 모욕당해 마땅하다. 순결과 신성함 대신 거짓말과 부정이 깃들어야 한다. 나 몰래 결혼이 진행되었듯, 신부 몰래 일어난 부정이 이 결혼을 통째로 역겨운 것으로 만들어버려야 한다. 도연이 늘 주장하는 정의. 그래, 이 결혼을 모욕하는 것이 정의이고 공평이다.

갑자기 나는 신나고 흥분됐다. 복수와 여행은 계획할 때가 가장 신나는 법이다. 흥분 때문인지 술이 계속 들어갔다. 술이 들어갈 때마다 별것 아닌 농담에도 웃음이 터져 나왔다. 술과 농담에 취한 몸으로 화장실에 가기 위해 가게에서 나왔다.

후끈한 공기가 온몸을 감쌌다. 다닥다닥 붙은 가게들은 마치 비밀이라도 감춘 사람처럼 문을 굳게 닫았고, 소란하고 즐거운 소리가 그 안에서 흘러나왔다. 복도에는 아무도 없었다. 또각 또각, 나는 내 구두 발자국 소리와 함께 복도를 걸어갔다. 취했는데 취한 게 아니었다. 술을 마실수록 더 또렷해지는 마음의 한구석. 손을 씻자 그것이 무엇인지 더욱 명확해졌다. 정우는 거짓말을 했다. 나를 속였다. 1년이나. 깔깔거리며 웃었던 만큼 쌓여 있던 분노가 손끝에 와서 부르르 떨렸다.

무엇이 문제였을까. 술 아니면 분노, 아마도 둘이 합쳐졌기 때문일 것이고, 원인은 결과보다 덜 중요하다. 화장실에서 나오는데 정우가 바로 앞에 서 있었다. 정우도 화장실을 찾은 것인지 아니면 나를 기다리고 있었는지 알 수는 없지만, 평소의 침착하고 냉정하던 모습은 분명 아니었다. 정우는 주변을 한번 둘러보더니 말했다.

"너는 사람들 있는 데서 무슨 그런 농담을 해?"

"농담 아니고 진심이었는데."

"정말 내가 망했으면 좋겠어?"

"응."

정우가 피식 웃었다. 정말 이상하다, 사람들은. 농담을 하면 진심이라고 생각하고 진심을 말하면 농담으로 듣는다.

"우리 집에 한번 와. 정식으로 작별은 하자, 우리."

그 말을 하며 내 침대에 누워 있는 정우를 찍어 미래의 신부에게 보내면 어떨까, 하는 비열하기 짝이 없는 생각을 했다. 마음만 먹으면 비열한 생각 따위 얼마든지 할 수 있다. 정우가 욕실로 들어간 후 핸드폰의 전화번호 목록을 뒤지는 일쯤이야 간단하다. 그래서 아름답고 스펙 좋은 신부의 번호를 알아낼 수도 있고, 메일 주소도 어떻게든 알아낼 수 있을 것 같다. 당장 사진을 보내버릴까. 아니, 첫날밤에 보내는 게 더 나을까. 아, 지옥에는 인터넷이 없을 것이다. 이 얼마나 훌륭한 문명의 이기인가. 비열한 생각이 주는 통쾌함에 젖어 나는 웃었다. 내 웃음을 어떻게 해석했는지 모르겠지만 정우는 슬픈 표정이었다.

"지난번에는 미안했어. 그렇게 말을 하는 게 아닌데."

"괜찮아."

나는 목소리가 날카로워질까 봐 매우 조심하며 말했다. 분노가 마구 방망이질 쳤다. 정우가 고민할 것은 전달 방법이 아니라 왜 이런 결정을 했냐는 것 아닌가. 정우는 내 속을 다 읽고 있는 것처럼 다시 말했다.

"미안해."

뭐가 미안하다는 건지. 나는 그저 미소만 지었다. 회사는 좋은 곳이고 아나운서는 훌륭한 직업이다. 적절하게 미소 짓는 법까지 잘 가르쳐놓았다.

"널 많이 좋아했어. 언제부턴가 좀 습관이 돼가는 게 아닌가, 그런 생각도 있었지만 그거야 시간이 지나면 모든 커플에게 일어나는 일이고, 습관이 된다는 건 또 그만큼 편해진다는 의미이기도 하니까. 하지만 나는 결혼을 해야 하고, 나에겐 이게 최선의 선택이야. 넌 결혼 같은 건 생각하지 않으니까."

잘도 내 탓으로 떠넘기는구나. 하지만 따지지 않았다. 따지기 시작하면 나만 우스워진다.

"신부는 어떤 사람이야? 예뻐?"

"평범하지 뭐. 약사야."

"나이는?"

"스물아홉."

"야, 너 도둑놈이다. 어떻게 일곱 살이나 어린 여자와."

"어쩌다 보니 그렇게 됐어."

"그 여자, 좋아해?"

말을 하면서도 이 말은 할 필요가 없다, 실수다 생각했다. 정우는 무덤덤하게 대답했다.

"싫은데 결혼까지 하겠어?"

"하긴."

나는 다시 떨리려는 손을 등 뒤로 감추며 정우의 얼굴을 바라보았다.

"너한테 상처가 될까 봐 걱정했어."

상처가 될까 봐, 될까 봐, 될까 봐……. 어이없는 이야기였다. 아무런 상처가 되지 않을 수 있다고 생각했다는 말일까. 그럼에도 정우가 나를 걱정했다는 말에 분노가 반쯤은 풀리려고 했다.

"나한테 미안해할 필요 없어. 진심이야."

나는 미소 지으며 그렇게 말했다. 진심이라는 것은 물론 거짓말이었다.

"고마워. 나도 내 진심이야. 너는 나한테 참 중요하고 좋은 사람이었어."

그 말이 내 마음을 아프게 찔렀다. 듣는 순간 그 말이 내가 무척 듣고 싶어 했던 말이라는 것을 알았기 때문이고, 하지만 지금은 아무 소용 없는 말이기 때문이며, 내가 속마음과는 다른 말을 내뱉듯 어쩌면 정우도 지금 이 상황에서 고르고 골라낸, 작전상의 발언인지도 모르기 때문이었다.

그렇다면 지금 우리는 무엇을 하고 있는 건가. 우리는 늘 이래왔을까. 알몸이 되어 서로를 껴안으면서도 언제나 상대방에게 보여줄 자신을 고르고 꾸미면서, 각자의 계산과 빈껍데기뿐인 이미지까지 침대로 끌고 와 집단 혼숙하듯 얽혀 있었던 것인가. 우리에게는 거짓말과 연극뿐이었을까.

갑자기 눈물이 고일 것 같았다. 술집의 공용 화장실 앞에서, 각자 다른 사람과 마신 술에 취해 지난 3년간의 만남을 정리하고 있는 꼴이, 우습고 슬펐다. 나는 정우의 손목을 잡고 복도와 이어져 있는 비상계단으로 뛰어들었다. 비상계단의 입구를 닫고 나는 정우의 목을 끌어안고 입을 맞췄다.

뭔가를 겨냥하고 계획한 행동은 아니었다. 순수한 충동, 아마 술 때문이었을 것이다. 내 볼에 정우의 체온과 가슴의 박동이 느껴지자 나는 매달려 펑펑 울며 소리치고 싶은 격정에 휩싸였다. 결혼하지 마, 결혼하지 마. 나는 너의 신부가 될 여자, 그 여자가 미워, 싫어. 그렇게 소리치고 싶어 견딜 수가 없었다.

정우도 나를 거부하지 않았다. 내 몸을 꽉 끌어안고 손가락으로 내 머리카락을 헤집었다.

"지금 우리 집으로 가."

나는 정우의 목에 매달려 말했다.

"오늘 헤어지자, 우리. 지금 우리 집에 가서 오늘은 아침까지 나하고 같이 있다 가. 오늘만. 오늘 하루만."

그것은 진심이었다. 오늘의 첫 진심, 어쩌면 아주 오랜만의 진심. 술을 마시는 동안 내 머릿속을 들쑤셨던 계획, 복수고 뭐고 부질없는 짓이라는 생각이 들었다. 오늘, 이 길었던 하루, 어쩌면 생각보다 훨씬 더 길었던 정우와의 관계. 이것으로 모든 계산을 끝내자.

"안 돼."

나는 정우를 쳐다보았다. 정우는 고통스러운 표정이었다. 이 자식이 아직 연극을 하고 있나, 하고 생각했다.

"나는 진심이야. 오늘만 나하고 있어줘."

"나도 진심이야. 그건 안 돼."

"왜?"

"결혼할 여자에 대해 내가 지키는 최소한의 예의라고 할까. 암튼 더는 이러면 안 될 거 같아."

"최소한의 예의? 그럼 나는? 나도 최소한의 요구야."

"이러지 마. 이러지 않기로 했잖아."

"않기로 하다니, 뭘? 나랑 만나다 다른 여자와 결혼하기로 우리가 언제 합의했어? 청첩장 주기 전까지만 나하고 같이 잔다고, 우리가 손가락 걸고 약속이라도 했어? 언제? 다른 여자 생기면 그 여자에 대한 예의 때문에 나한테는 그냥 생깐다고 언제 정했는데!"

나는 악을 썼다. 정우가 놀란 얼굴로 말했다.

"조용히 해!"

나도 아차 했다. 하지만 너무 늦었다. 비상계단의 문이 열리며 장철민과 엄 피디, 그리고 또 다른 직원 한 명이 모습을 드러냈다. 내가 정우에게서 몸을 다 떼기도 전이었다. 장철민은 너무 놀라 입에 물고 있던 담배를 흘릴 지경이었다. 잠시 침묵이 지나갔다. 정우가 내 등을 살짝 밀었다. 먼저 가라는 뜻이었다. 나는 그곳을 벗어났다.

"저도 담배 하나 주세요."

정우의 목소리가 등 뒤에서 들렸다. 나는 황급히 복도를 걸어갔다. 또각또각 내 발자국 소리만 복도를 울렸다.

어느 마법 같은 날, 그는 나에게 왔습니다

부모님과 둘러앉아 먹는 밥은, 언제나 그랬듯이 불편했다. 엄마의 손맛, 엄마의 집 밥이라고 나를 설득하기에는 반찬이 이미 내 입에 너무 짰다. 일까지 멈추고 아버지가 사온 돼지고기도 너무 오래 볶아 질겼다. 부모님이 평생 사셨고, 내가 어린 시절을 보낸 집은 어둡고 낡아서 아무리 청소를 해도 깨끗하다는 느낌이 들지 않았다. 나는 실내화에 집어넣은 발끝을 세우고 수저를 움직였다.

창문 너머 무화과나무의 잎이 여전히 푸르렀다. 무화과나무는 이제 더 이상 자라지 않는 것 같았다. 마치 집 안의 어느 것도 변하지 않는 것처럼.

언제나 그대로인 집, 변하지 않는 부모님을 생각하면 안도감과 그리움 같은 것이 느껴질 때가 있다. 특히 사람에 시달리고 회사 일에 치일 때. 그때 집을 생각하면, 마치 세파에 시달린 초라한 공주가 다시 복권되어 돌아가는 느낌이었다. 하지만 집으로 오며 기대했던 그리움은 밥상 앞에서 불편함으로 쉽게 바뀐다. 엄마는 연신 반찬을 밥 위에 놓아주고, 아버지는 돼지고기 몇 점에 젓가락도 대지 않고 내가 다 먹기를 바란다. 언제나 부담스러운 사랑.

나는 부모의 사랑이 맹목적이고 무한한 것이라고 생각하지 않았다. 그다지 넉넉할 것 없는 집안에서 삼 남매를 교육시키려면 고루 사랑하는 것으로는 계산이 나오지 않는다. 그때는 선택과 집중이라는 자본주의적 전략이 필요하다. 예전 같으면 장남이 차지했을 그 전략의 수혜는, 가장 성적이 우수했고 자기 일 하나는 누구도 입 댈 필요 없이 똑떨어지게 해내는 나를 향했다. 사실상 피해자 격인 남동생과 언니도 그 불균형에 대해 딱히 불만을 드러내지 않았다. 잘하는 사람을 밀어준다는 이상한 공감대가 있었다. 남동생과 언니의 희생정신은 그 후로도 이어졌다. 언제나 바쁘다는 나의 핑계를 순순히 받아들이며

늘 부모님을 보살폈다. 더 사랑한다고 해서 더 사랑받는 것이
아니라는 평범한 진리.

텔레비전에서는 뉴스가 흘러나오고 있었다. 여당의 대통령
후보가 지지율이 곤두박질하자 당내에서 후보를 교체해야 한
다고 주장하고 있다……. 그는 정우가 좋아하던 후보였고, 그
뉴스를 전하는 아나운서는 한참 후배였지만 주말 뉴스를 맡고
있었다.

"너는 하던 프로그램 계속해?"

내가 방송국 생활 10년이 넘자 아버지도 사정에 밝아졌다.
개편에서 내가 맡은 프로그램이 살아남는지, 잘리는지 그게 궁
금한 것이다.

"별말 없으니 계속하는 거죠."

"텔레비전은?"

"전 이미 나이가 많잖아요."

내 목소리는 내 귀에도 쌀쌀맞게 들렸다. 엄마는 나무라는
듯한 시선을 힐끔 아버지에게 던졌다. 마치 내가 나이를 먹은
것이 아버지 탓이라는 것처럼.

내가 아나운서 시험에 붙었을 때 부모님은 조만간 딸이 아홉

시 뉴스나 아니면 인기 연예인과 함께하는 프로그램에 나오는 줄로 기대했을 것이다. 나에게도 그런 기대가 없었던 것은 아니니 꼭 부모님이 잘못 알았다고 말할 수는 없었다. 하지만 화려해 보이는 직업일수록 스포트라이트의 수혜를 받지 못하는 사람이 대부분이다. 나는 그 대부분에 속했다. 파릇파릇했던 20대 때 몇 번 TV에 얼굴을 비추기도 했지만 단신 코너를 맡았을 뿐, 앞으로 그보다 더 큰 프로그램을 맡을 가능성도 없었다. 젊어서 주목받지 못한 사람이 나이가 들어 원숙함으로 성공을 거둔다거나, 경영진에게 썩 잘 보이지 못한 아나운서가 시청자들의 인기를 얻는다거나 하는 일이 있으면 얼마나 좋을까. 하지만 그 또한 나에게는 해당 사항이 아니었다.

"아버지는 늘 네 방송 들으신다. 일부러 밤에 일 다니시는걸."

"건강에 해로우세요. 그러지 마세요."

하면서 나는, 지금이 내가 찾아온 용건을 말할 때라고 생각했다. 나는 퇴직 이야기를 하려고 부모님을 찾아온 것이다. 이제 그만둬야 할 때가 된 것 같다고. 원래 여자 아나운서란 30대 초반이 지나가면 그만두는 거라고. 무엇보다 내가 도저히 회사를 더 다닐 수 없는 처지라고.

회사에서는 누구도 나에게 정우와의 관계를 묻지 않았다. 모든 것은 평소와 다름없었고 나도 아무 말 없이 내 일만 했다. 하지만 모든 것이 바뀌었다. 나는 그것을 분명하게 느꼈다. 수많은 시선이 내 등과 어깨를 스치고 지나갔고, 들리지 않는 낮은 목소리가 발아래 수북했다. 모두가 모든 것을 알고 있었다. 심지어 도연과 현지도 알고 있었다. 아무것도 묻지 않을 뿐이었다. 그러는 사이 여러 차례 큰비가 왔고, 홍수가 났다. 정우는 어떤 연락도 없었고 나도 하지 않았다. 우리는 헤어진 것이다, 술집 화장실 앞에서.

아무리 생각해도 사표를 쓸 타이밍이었다. 그럼에도 꾸역꾸역 회사에 나오는 것은 떠나야 할 때가 언제인지를 몰라서가 아니라 뭘 해서 먹고살아야 할지 알 수 없다는 지극히 현실적이고, 순수하게 경제적인 이유 때문이었다.

나는 사표를 낼 경우 앞으로의 계획과 가능성들을 노트에 정리해보았다. 의외로 나에게 주어진 대안은 적었다. 마치 쓴 것도 없는데 돈은 사라지고 없는 가난한 집안의 가계부처럼, 성실하게 경력을 밟아왔음에도 내 미래에는 커다란 구멍이 나 있었다. 나는 용건을 꺼내놓지 못하고 돼지고기와 함께 할 말을 씹기만 하다 결국은 숟가락을 내려놓았다.

"엄마, 나 좀 잘게. 졸려."

"그래, 어서 한숨 자."

나는 일어섰다. 잔다고 드러누워 있으면 부모님과 얼굴을 대고 이야기를 더 하지 않아도 되기 때문이었다.

깜빡 잠이 들었던 나는 엄마의 기척에 잠에서 깼다. 엄마는 내가 깰까 봐 이불 끄트머리에 몸을 살짝 넣었을 뿐인데도 미안해했다.

"더 자."

"아냐, 됐어. 엄마는 요즘 심장, 괜찮아?"

"늘 그렇지 뭐. 괜찮아. 근데 너는……."

나는 엄마가 말을 다 꺼내기도 전부터 그게 무슨 내용인지 대충 짐작이 갔다.

"좋은 사람 없냐고?"

"그래, 아버지는 역정을 내시지만 언제까지 혼자 있을 거야. 너도 다시 새 사람 만나야지."

나는 엉뚱한 대답을 했다.

"나, 재스랑 통화했어."

엄마가 놀라 나를 바라보았다.

"많이 컸더라."

"사진 보냈어?"

"아니, 화상 통화."

"화상 통화?"

"컴퓨터에 카메라를 달아서 통화하는 거야."

"잘 지내든? 너 보고 안 울어?"

"울긴 왜 울어. 이야기만 잘했는데."

재스는 생일 파티 도중에 전화를 받았다고 했다. 고깔모자를 쓴 재스가 화면 속에서 손을 흔들었다.

"재스, 잘 지내니? 나 알겠어?"

재스는 아직 한국말이 서툴러 영어로 대답했다.

"Sure, you're my mom. Glad to meet you."

재스는 이제 초등학교에 입학한다고 했고, 학교에 가기 전 구몬스쿨에서 수학을 배우고 있다고도 했다. 남편의 세 번째 아내가 화면 밖에서 구구단을 외워보라고 하자 재스는 2단을 졸졸 외웠다.

재스, 그레이트. 베리 굿 잡, 재스.

내 목소리가 왠지 연기처럼 들렸다. 내가 칭찬하자 재스도 마치 아역 텔런트처럼, 이곳은 즐거우며 재스는 행복하게 지내고 있다고 또박또박 말했다. 그리고 엄마도 행복하기를 바라며 언제든 엄마는 자신의 집을 방문할 수 있고, 초대받은 상태라고 덧붙였다. 나도 초대에 감사하며, 재스와 가족 모두에게 인사를 전한다고 말했다. 그러자 남편이 화면 안에 들어왔다. 나는 한번 방문해서 재스를 만나고 싶다고 말했다. 나는 왠지 허둥거렸고 전 남편의 마음을 거스르지 않으려고 애쓰고 있었다.

"방해가 되지 않을 시간을 정해주면 내가 거기에 맞출게요."

"당신이 재스를 만나겠다면 언제든 환영이야. 그런데 어떡하지? 우리는 지금 1년 정도 가족 여행을 계획 중이야. 내가 안식년을 얻었거든. 통 연락이 없었으니 당신이 이런 요청을 할 줄은 몰랐지. 미안해서 어떡하지?"

남편의 설명은 나무랄 데 없었지만 거절임이 분명했다. 여행이 없더라도, 내가 그의 집 현관 앞에 있다 해도 그는 나를 들이지 않을 터였다.

당신이 거짓말쟁이라는 걸 알고 있어요.

당신은 당신 마음에 들지 않으면 거짓말이라고 우기지. 재판에서 왜 당신이 졌는지 생각해봐.

그건 당신의 첫 번째 아내가 위증을 했기 때문이야.

아니, 당신이 진 이유는 당신이 나한테서 어떤 설명도 들으려고 하지 않았고, 당신 혼자 결론을 내렸기 때문이야. 당신은 상대방의 거짓말을 추궁할 줄만 알았지 거짓말 밑에 있는 걸 전혀 보려고 하지 않아. 당신이 말하는 정직이란 그렇게 인정머리가 없고 냉정해.

나는 남편과 모니터를 통해 말없이 싸웠다. 부질없는 싸움이었다. 나는 예의 바르게 대답했다.

"알았어요. 다음에 다시 연락할게요."

"그렇게 해. 당신한테 재스의 모습을 보여주게 돼서 기뻐. 재스는 잘 자라고 있어. 우리는 행복해."

행복. 그 단어가 내 가슴에 와서 박혔다. 그들은 정말로 행복해 보였다. 나는 내가 버리고 온 것이 그토록 완벽한 가정의 모습을 가지고 있다는 사실 때문에 혼란스러웠다. 뭔가, 뭔가 너무 이상했다. 나는 애써 예의를 갖추었다.

"다행이에요. 진심으로 나도 기뻐요."

재스가 화면 옆에 나타나 손을 흔들었다

"굿바이, 맘. 테이크 케어."

"재스, 안녕. 잘 지내, 재스."

화면 밖에서 왁자한 웃음소리가 들렸다. 그리고 화면이 꺼졌다. 암전이 된 화면 안에는 멍한 내 얼굴만 비쳤다.

"고작 그 말만 하고 끊었단 말이야?"

"그럼 뭘 더 말해?"

"그래도 그렇지, 몇 년 만에 전화하면서. 너도 참."

"아버지한테는 말하지 마."

"말해 뭐하니? 펄펄 뛰기만 할걸."

엄마의 입에서 나오는 한숨이 내 볼에 닿았다. 엄마는 이해할 수 없다는 얼굴이고, 나는 그럴 수 있다는 표정을 지었다. 피식 웃기까지 했다. 다 거짓말이었다.

나는 재스가 사라진 화면을 한참 동안이나 멍하니 바라보았다. 조금 전 재스가 나를 향해 손을 흔들었다는 것이 믿어지지 않았다. 마치 드라마의 한 장면이 지나간 것 같았다. 신파와 끈적거리는 감정을 싫어하는 작가가 딱 필요한 말만 적어놓은 드라마. 모두 거짓말이지만 진짜인 척하는 드라마. 아무것도 믿을 수 없었다. 거짓말을 했던 남편은 여전히 잘 살고, 딸은 남편의 옆에 있었다. 나는 아무것도 잘못한 게 없는데 모든 것에서 떨어져 나와 혼자 손을 떨며 서 있었다. 도대체 무엇이 잘못된 것일까.

그날 밤 나는 잠을 설쳤다. 이 세상에 나 혼자만 깨어 있는 것처럼 외로웠다. 위층도 아무런 기척 없이 조용했다. 처음에는 그러려니 했지만 문득 좀 이상하다는 생각이 들었다. 위층 할머니는 밤이면 자주 화장실에 들락거렸고, 불면증을 가지고 있는지 방 안을 서성이는 일이 잦았기 때문이다. 그러고 보니 근래에 할머니를 마주친 일이 통 없다는 생각도 들었다. 딸이 난리를 치고 간 탓에 이웃 보기 창피해 집에만 박혀 있는 거라면 이해가 가지만 집 안에서도 꼼짝하지 않는 건 자연스럽지 않았다.

갑자기 할머니에게 무슨 일이 일어난 것은 아닐까, 이를테면 죽음 같은 것. 갑자기 그 생각이 스치자 나는 침대에서 벌떡 일어났다. 그것 말고는 설명이 되지 않았다. 내가 누워 있는 그 자리, 바로 위에서 할머니가 주검이 되어 부패되는 중이라면……. 그 자체로도 너무 끔찍한 일이었다. 할머니의 딸이 와서 행패를 부릴 때 왜 올라가서 들여다보지 않았는지 후회가 되었다. 나는 침대에서 나와 카디건을 걸쳤다. 지금이라도 올라가봐야겠다는 생각이었다.

하지만 이내 다시 포기하고 입었던 옷을 벗었다. 모든 게 잠 못 이루는 밤의 망상처럼 생각되었다. 시인이 사물에 감정 이입하듯, 내가 할머니에게 뭔가를 투사하고 있는 것 같았다. 거만하고 새침한 얼굴로 딸과의 사연을, 고독과 허세를 끌어안고 사는 늙은 여자를 마치 나의 미래라고 느끼고 있었다. 나는 내 연민이 구차해서 방 안으로 들어와버렸다.

저녁 시간이 가까워지기 전에 나는 일찌감치 집을 나섰다. 집까지 바래다주겠다고 우기는 아버지를 만류하고, 시외버스 정류장에서 돌아가게 하는 데에도 시간이 한참 걸렸다. 엄마가 싸주는 반찬까지 거절하지는 못하고 양손에 주렁주렁 들고 서울에 도착하니 어둑해질 무렵이었다. 택시 기사는 차를 난폭하게 운전했다. 반찬 통과 함께 내 속의 응어리도 마구 흔들렸다. 참지 못하고 나는 충동적으로 차를 세워달라고 말했다. 기사는 나를 익숙한 거리에 내려주었다. 내가 사는 동네 근처 재래

시장을 중심으로 형성된 유흥가였다. 나는 조용하고 깔끔해 보이는 일본식 초밥집으로 들어갔다. 배는 전혀 고프지 않았지만 초밥 1인분과 함께 사케 한 잔을 시켰다. 뜨거운 술이 온몸을 통과해 손끝, 발끝까지 퍼져 나갔다. 그래서 한 잔 더 시켰다.

술에 취한다는 것은 머릿속의 빗장 하나가 열리는 것이다. 막아두었던 생각들, 없는 것처럼 무시했던 감정들이 풀려나오기 시작했다. 지금 정우는 무엇을 할까. 정우와 정우의 어리고 아름다운 신부와 그리고 멀찌감치 떨어져 서 있는 내 모습이 환영처럼 떠올랐다. 수많은 질문들이 머릿속에서 이어졌다. 집요한 목소리들. 끝나는 않는 분노. 정우는 거짓말을 했다, 나에게. 나를 속였다. 거짓말. 거짓말쟁이.

실내에 켜둔 텔레비전에서는 시시각각 뉴스를 알리는 아나운서의 멘트가 이어지고, 손님들은 흥분해서 대선과 월드컵 대표 선수들의 외국행에 대해 떠들어댔다. 사람들은 뭔가 새로운 일들이, 좋고 신나는 일들이 일어날 거라고 믿는 것 같았다. 나는 고개를 들지 않고 술잔만 바라보았다. 사케 잔을 쥐고 있는데도 손이 시렸다. 그래서 다시 술을 거푸 들이마셨다. 식당 안의 좌석이 하나둘 차기 시작했다. 손님들이 혼자 앉아 사케를

들이키는 나를 힐끔거렸다. 습관처럼 혹 나를 알아보는 사람이 있으면 어떻게 하나, 하는 걱정을 하며 사케 한 잔을 더 시켰다. 안주 삼아 시킨 회초밥은 건드리지도 않고 술잔만 비웠다. 가게 안은 점점 더 혼잡하고 시끄러워졌다. 종업원이 여러 번 다가와 따뜻한 차를 부어주었고, 급기야 사장이 다가와 왜 식사를 하지 않으시냐고, 초밥은 적정한 온도에 드셔야 맛이 있다고 충고했다. 사장 뒤로 혼자 네 사람의 자리를 차지하고 있는 나를 못마땅한 듯 흘겨보는 손님들이 서 있었다. 그들은 좌석을 찾고 있었다. 나는 벌떡 일어나 계산을 하고 나왔다.

"죄송합니다. 손님이 많아서 좀 불편하셨죠?"

나는 고개만 끄덕이고 바깥으로 나왔다. 축축하고 뜨거운 공기가 훅 끼쳐왔다. 더위 때문에 몽롱하던 정신이 오히려 깨는 것 같았지만 속사정은 그렇지 않았다. 원래 술을 즐겨 마시는 편도 아닌 데다 밥을 먹지 않고 술만 마셔서인지 어지럽고 속이 거북했다. 나는 심호흡을 하며 골목 안을 천천히 걸었다. 전에 와봤던 곳인데 낯설었다. 골목은 다른 골목으로 이어져 있고 골목마다 작은 술집들과 또 다른 골목을 혈관처럼 달고 있다.

혈관 속에 잘못 들어온 이물질처럼 나는 골목과 골목 사이를 돌아다녔다. 화장실에 가야 했다. 몇 시간째 술만 마신 통에 방광이 꽉 차서 몸이 무거웠다. 아무리 상처와 모욕감에 치를 떨어도 참아낼 수 있지만 몸은 자기 사정이 따로 있었다. 술집들은 많은데 다른 곳에서 술을 마시고 와서 화장실 좀 쓰자고 말할 만큼 만만한 곳은 없었다. 술김에, 적당한 화장실을 발견하지 못하면 으슥한 장소를 골라 치마를 내려야지, 하며 혼자 흐흐 웃었다.

그러나 방광보다 위장이 먼저 난리를 쳤다. 나의 몸, 피와 제대로 섞이지 못한 술이 역류하려는 것이었다. 좀 걸으면 나아지려니 하며 꾹 참고 참았지만 몸은 내 명령을 거부했다. 진땀이 나고 발작처럼 정신이 아득해졌다. 결국 나는 전신주 밑에 쪼그린 채 속에 있는 것을 마구 게워냈다. 언제 먹었을까, 초밥 한 점이 밥알과 생선의 살코기 채로 튀어나왔다.

"아이고, 술이 과하셨네."

2차 혹은 3차 자리를 찾는 남자 취객들이 나를 향해 농을 던지며 지나갔다. 내 위장은 여전히 발작을 멈추지 못하고 꿈틀거렸다. 입안에서 주르륵 물이 쏟아져 내렸다. 다시 나에게 다가오는 발자국 소리가 들렸다.

"아가씨, 괜찮아요?"

"일어나요, 일어나. 옷 다 버리겠네."

목소리를 들으니 좀 전의 남자들인 것 같았다. 남자들이 내 팔을 붙잡아 일으키는 걸 나는 힘껏 뿌리쳤다.

"이거 보라니까. 비틀비틀하잖아."

"이거 놔요!"

나는 소리쳤다.

"우리는 도와주겠다는 건데 아가씨 왜 이래?"

"필요 없으니 가서 댁의 와이프나 도와주세요."

나는 짜증을 내며 걸음을 뗐다. 독한 술 냄새와 인공 조미료 냄새를 풀풀 풍기며 남자가 내 앞을 막아섰다.

"이봐, 아가씨. 말이 뭐 그 따위야? 댁의 와이프나 뭐 어째? 누구더러 댁이라는 거야?"

어이가 없었다. 피차 술에 취해 혀가 꼬부라지는 순간에도 서열과 존칭을 따지다니. 어지러움을 누르며 애써 눈에 힘을 주고 남자들의 얼굴을 쳐다보니 다들 합리적인 설명 같은 게 통할 것 같지 않았다. 과장되게 인상을 쓴 얼굴과 구겨지고 흐 트러진 매무새에는 오늘 하루 어디에선가 받은 스트레스가 잔

뚝 묻어 있어 건수만 생기면 시비를 걸어볼 심사인 것 같았다. 잘못 걸렸다 생각했지만 이미 말은 곱게 나오지 않았다. 됐으니까 가서 술이나 더 먹으라는 말에, 남자들은 이거 안 되겠네, 젊은 여자가 싸가지가 없다고 목청을 높이고, 나는 남자들을 밀치고, 남자들은 다시 내 앞을 막아서고, 밀고 당기는 승강이, 이어 이게 뭐하는 짓이냐고 내가 소리를 빽 지르는 순간, 남자의 손이 내 얼굴로 날아왔다.

손은 매웠다. 분한 건 다음이고 일단 너무 아팠다. 너무 황당하고, 어이없고, 서럽고, 화가 나는 것을 미처 느끼지 못한 채 뺨을 싸쥐고 서 있었다. 뺨을 때린 남자는 이번만 자신이 참겠다 어쩌고, 그 옆의 남자들은 낄낄대며 미안하다 어쩌고 흰소리를 늘어놓으며 내 옆을 떠났다.

내 속에서 뭔가가 튀어나왔다. 동시에 전신주 옆에 세워둔 쓰레기봉투가 보였다. 나는 그것을 집어 들고 남자들의 등을 향해 던졌다. 쓰레기봉투는 내 뺨을 친 남자의 등에 그대로 맞았다. 맞는 순간 이미 옆구리가 터져 있던 쓰레기봉투에서 온갖 쓰레기들이 쏟아져 내렸다.

"저게 정말 미쳤나."

남자가 화가 나서 돌아보는 순간 나는 생각할 것도 없이 뛰었다. 웃기고 무서웠다. 재미있고 비참했다. 다리는 무겁고 여름밤은 뜨겁고, 남자들의 욕설이 바로 등 뒤에서 들렸다. 남자들에게 잡히면 뺨 한 대로 끝나지 않을 것 같았다. 사라지고 싶다고 생각하는 순간, 내 몸이 굴렀다. 계단을 잘못 디딘 모양이었다. 누군가 나를 주사위 안에 넣고 마구 흔드는 것 같더니 단단한 충격과 함께 나는 쓰러졌다. 등은 차가웠고 온몸이 아팠다. 온 세상이 빙글빙글 돌았다. 나는 일어나기는커녕 눈을 뜰 힘도 없이 그대로 땅바닥에 누워 있었다. 누워서 정우를 생각했다.

송정우, 이게 다 너 때문이야. 너 때문에 나는 혼자 술에 취해, 명색이 아나운서가 모르는 남자에게 언어맞고 길바닥에 쓰러져 있어, 지금. 송정우, 나쁜 새끼. 개자식. 도대체 너는 어디에 있는 거야.

입으로 욕설을 중얼거리자 뭔가 아주 비참한 것 같은데 눈물 대신 웃음이 나왔다.

그때 누가 다가오는지 발자국 소리가 들렸다. 좀 전의 남자들일까. 발자국이 내 옆에서 멈췄다. 나는 제대로 두들겨 맞고 강간을 당할지도 모른다고 생각하며 눈을 떴다. 걱정스레 나를 내려다보고 있는 눈동자가 보였다. 편의점 점원 온희였다. 내가 무슨 말을 하려 하자 온희는 손가락으로 내 입을 막았다.

"쉿, 조용히 하세요."

조금 전의 남자들이 어딘가를 향해 달려가는 소리가 점점 멀어졌다. 이윽고 소리가 사라지자 온희는 나에게 손을 뻗었다. 나는 그 손을 잡고 일어났다. 온희가 내 옆에 떨어진 가방을 주워주었다. 엄마가 준 반찬 통은 어떻게 되었을까. 술집에서 두고 온 건지, 아니면 택시 안에 흘리고 내렸는지 알 수 없었다. 나는 온희를 다시 쳐다보았다. 온희의 눈동자가 미소 지었다. 그 눈동자는 그의 이름처럼 평온해 보였지만 나는 혼란스러웠다. 이 아이는 어떻게, 마치 드라마의 남자 주인공이 위기에 빠진 여자를 구해주는 것처럼 짠하고 나타난 것일까. 정말로 나를 스토킹하고 있는 것일까. 만일 온희가 스토커라면 그건 지나치는 취객과 시비가 붙는 것보다 더 위험한 일이다.

하지만 나는 그가 무섭지 않았다. 오히려 안심이 되었고, 반갑기조차 했다. 그를 보는 순간 맥이 탁 풀리면서 하루 종일 억누르고 있던 무언가가 술기운보다 더 독하게 나를 덮쳤다.

"진짜 마법사예요?"

온희는 진지하게 고개를 끄덕였다. 나는 피식 웃었다. 그가 정말 마법사라고 믿고 싶었다.

"정말 마법사라면 소원 같은 것도 들어줄 수 있어요?"

비틀거리는 나를 붙잡으며 온희가 다시 고개를 끄덕였다.

"말해봐요, 바라는 걸."

"다 잊어버리게……. 다 잊어버리게 해줄 수 있어요?"

온희는 아무 말 없이 나를 잠시 바라보기만 했다. 밑도 끝도 없는 말이었지만 다 알아듣는다는 듯이.

"정말 마법사라면 아무런 기억도 나지 않게 해줘요."

온희는 주머니에서 뭔가를 꺼내 손바닥에 내밀었다. 들여다보니 그것은 작은 알약이었다. 파란색 알약. 단 한 알이었다.

나는 온희의 얼굴을 쳐다보았다. 온희도 여전히 내 눈을 들여다보고 있었다. 그 눈에는 어떤 잡티도 드러나지 않았다. 나는 그의 눈에서 시선을 떼지 않고 알약을 집어 내 입으로 가져갔다. 이건 미친 짓이야, 라는 생각이 스쳤다. 알지도 못하는 남자, 스토커일지도 모르는 남자에게서 약을 받아먹다니. 하지만 상관없다는 생각이 들었다. 내 노력, 내 조심, 내 성실함이 아무 소용없듯이, 내 실수도 아무런 소용이 없을 것이다. 아니, 소용 있다 해도 아무런 의미가 없을 것이다.

나는 물도 없이 약을 삼켰다. 온희가 미소를 지었다. 어딘가 슬프고 쓸쓸한 미소였다.

문득 눈을 떴다. 눈을 떴지만 아무것도 보이지 않는다. 사방은 온통 어둠뿐. 여기가 어디일까, 생각하는 순간 갑자기 불이 들어온다. 회전목마가 돌아가기 시작한다. 단순한 박자를 가진 단조의 멜로디가 울려 퍼진다. 불빛에 반짝이는 목마들은 무표정한 얼굴로 오르고 내리기를 반복하며 빙글빙글 돌아간다.

이어 다른 곳에도 불이 켜진다. 대관람차가 천천히 돌기 시작하고 회전그네도 움직인다. 어디선가 아이들의 깔깔대는 웃음소리가 들리는 것 같지만, 아니다. 아무도 없다. 텅 빈 유원지. 놀이공원이라기에는 규모가 너무 작은 곳이다. 한밤의 유원지에 나 혼자 서 있다. 성의 모양을 본뜬 매표소는 초라하고 낡았다. 곳곳에 그려진 만화 캐릭터들마저 어둠 속에서 역시나 초라하다.

동물들은 잠들어 있다. 기린은 높은 목을 나뭇가지에 얹고

잔다. 코끼리는 숨을 내쉴 때마다 거대한 몸이 풍선처럼 부풀곤 한다. 검은 표범만이 잠들지 못한 채 깨어 우리 안을 왔다 갔다 한다. 표범의 눈은 슬프다. 표범 우리 옆에서 흰 양들은 불안한 잠을 자고 있다. 금방이라도 깨어날 듯이 자는 모습이 어설프다.

저만치 펀하우스가 보인다. 오색 꼬마전구가 반짝반짝 빛난다. 누군가 그 안으로 들어간다. 이봐요! 내가 외쳐 불렀다. 그러자 어느샌가 나도 펀하우스 안에 와 있다. 그 안은 미로처럼 좁고 어두운 통로로 이어져 있다. 마치 짐승의 내장 속 같다. 오목거울과 볼록거울 앞을 지난다. 내 몸이 우스꽝스럽게 길었다 줄었다 한다. 공포영화의 주인공을 본뜬 인형들은 무섭다기보다 처량하다. 혼자 움직이는 인형. 습관인 양 나에게 손을 내민다. 나는 인형의 손을 잡았다. 살아 있는 것처럼 따뜻하다.

저편 무대 위에는 마술사가 등장했다. 인형이 아닌 살아 있는 사람이다. 머리에는 금색 터번을 쓰고 카이저수염을 달았다. 타조 깃털 꼬리가 달리고, 온통 반짝이로 장식된 의상을 입은 여자가 그의 옆에서 활짝 웃고 있다. 나는 그의 앞으로 다가간다. 마술사는 주먹 안으로 붉은 손수건을 꾹꾹 눌러 밀어 넣고는 손을 활짝 펴 보인다. 아무것도 없다. 사라진 붉은 손수건은 모자에서 튀어나온다. 마술사는 모자 안에서 꽃을 꺼내고, 다시 손바닥을 마주 쥐어 꽃을 사라지게 한다. 꽃이 사라진 빈 주먹에 대고 부채질을 하자 주먹 안에서 흰 종잇조각이 훨훨 날린다. 종잇조각은 눈송이처럼 사방에 날린다. 그 조각 하나를 허공에서 붙잡아 손바닥 위에 놓고 마술사는 두 손을 모은다. 마술사는 손안에 입김을 불어 넣더니 허공을 향해 두 손을 확 펼친다. 그러자 그 안에서 하얀 새가 튀어나온다. 새는 날개를 푸드덕거리며 날아오른다. 흰 눈송이 사이로 새는 날갯짓하며 내 머리 위를 빙 돈다.

온희. 온희는 어디에 있을까. 여기는 어디일까.

나는 눈을 떴다. 낯선 벽지. 조잡한 커튼이 달린 낡은 창문. 차 소리가 요란하게 들렸다. 꿈에서 마지막으로 했던 생각이 떠올랐다. 여기는 어디일까.

소년과 나는 많은 것들을 이야기했습니다

여기는 어디일까. 나는 내가 낯선 방에 와 있음을 알았다. 그 순간 너무 놀라 벌떡 몸을 일으켰다. 어제 입었던 옷을 그대로 입고 있었다. 내가 무엇을 두려워했는지는 모르겠지만 일단 안도했다.

나는 누군가의 침대 위에 누워 있었다. 1인용의 좁은 침대. 이불은 아직도 이런 것이 돌아다니나 싶을 정도로 낡은 구식 담요였다. 이불만큼이나 초라한 방 안. 손바닥만 한 방 안에는 1인용 침대 하나와 그 옆에 붙어 있는 컴퓨터용 책상 하나, 옷장을 대신하고 있는 행거가 전부였다. 행거에는 걸려 있는 옷보다 대충 얹어놓은 옷들이 더 많았다. 남자의 옷이었다.

나는 침대에서 내려왔다. 눈앞이 새하얘지며 현기증이 나를 덮쳤다. 머리가 깨질 듯이 아팠다. 나는 컴퓨터 책상 모서리를 붙잡고 겨우 정신을 가눴다. 침대 발치에 선풍기가 지친 듯 털털거리며 돌아가고 있었다. 그제야 나는 온희를 떠올렸다. 어젯밤 술에 취한 나에게 온희가 나타났다. 그럼 이곳이 온희의 방인가. 바로 어제의 일인데 아득한 옛날 같았다.

나는 다시 방 안을 둘러보았다. 누수로 인해 벽지에는 얼룩이 지고, 달력 하나 걸려 있지 않은 방 안은 임시로 머무는 곳인 양 황량한 느낌이었다. 책상 위에는 컴퓨터, 테이프와 시디들, 그리고 몇 권의 책이 대충 놓여 있었다.『우리 영혼의 위대한 능력』,『당신도 초능력을 가지고 있다』 등의 조잡한 제목이 눈에 들어왔다. 나는 테이프 하나를 집어 들었다. 초등학생 같은 글씨로 테이프에 제목이 적혀 있다.

'2002년, 8월 7일'

제목으로 봐서 내 방송을 녹음한 것이 분명하다. 시디도 모두 마찬가지였다. 시디 뒤에 흰색 플라스틱 약병 하나가 굴러다녔다. 아무런 레이블이 달리지 않은 약병을 열어보니 어제내가 먹었던 파란색 알약이 낱개로 포장되어 수북이 들어 있었다. 약 포장지에는 'XX 정신병원'이라는 스탬프가 찍혀 있었다. 정신과에서 받아온 약이라 해서 굳이 이상한 눈으로 볼 필요는 없다. 나도 이혼 후 회사로 다시 복귀했을 때 불면증으로 정신과 처방을 받은 적이 있었다. 아직까지도 수면유도제를 먹고 자는 날이 많다. 그러나 내심 불안한 것은 어쩔 수 없었다. 나는 약병을 제자리에 두고 밖으로 나갔다.

　방은 바로 주방과 이어져 있었다. 방 두 개에 주방, 안방이 베란다와 연결되어 있는, 열서너 평 규모의 서민 아파트였다. 실내는 비좁았지만 싱크대는 깨끗했다. 아무도 없는 것일까, 생각하는데 현관문 열리는 소리가 들렸다. 깜짝 놀라 방 안으로 뛰어들려는데 온희의 목소리가 울렸다.

　"벌써 일어났어요?"

　내가 돌아보자 온희가 현관으로 들어서고 있었다.

　"더 잘 줄 알고 잠시 나갔다 오는 길인데……."

　온희는 나를 보고 활짝 웃었다.

　"내가 어떻게 여기에……."

　"우리 집밖에 갈 데가 없었어요. 누나 집을 가르쳐달라고 아무리 얘기해도 정신을 못 차리던걸요."

온희는 그렇게 말하며 들고 온 봉투에서 샌드위치며 커피를 꺼내 식탁 위에 놓았다.

"해장국 대신 커피를 사 왔어요. 뜨거운 물을 부어서 마시면 돼요."

온희는 가스레인지 위에 주전자를 올리고 불을 켰다. 그러고는 다시 봉투 안에서 뭔가를 꺼내 나에게 건넸다.

"이것도 사 왔어요."

칫솔이었다. 편의점에서 파는 칫솔. 나도 모르게 웃음이 나왔다.

"마법으로 칫솔은 못 만들어요?"

"가능하긴 한데 효율성의 문제죠."

온희는 진지하게 말했다. 그 진지한 표정 때문에 나는 다시 웃었다. 온희가 커피 잔에 뜨거운 물을 부어 건넸다.

"어쨌든 민폐를 끼쳤네요. 내가 그렇게 술을 많이 먹었는지 몰랐어요."

"사과 안 하셔도 돼요. 저는 기뻤는걸요."

"그렇지만 부모님은 야단치셨을 것 같은데. 술에 취해 남의 집에 들어오는 여자더러 뭐라고 하지 않으셨어요?"

122

"부모님? 아, 부모님은 여기 안 사세요. 여긴 제가 아는 선배 집인데 세 들어 사는 거예요. 마침 선배랑 형수님은 제사 때문에 고향에 가셔서 아무도 없어요. 그러니까 여기로 왔죠."

그제야 나는 상황을 납득하고 고개를 끄덕였다. 아무도 없이 남자 혼자 사는 집에 왔으니 참 위험천만했다는 생각이 스쳤다. 아무리 술에 취했지만 매사 불안과 공포가 심한 나에게 아무런 위험 신호가 작동하지 않다니, 믿기 어려웠다. 하지만 온희의 얼굴을 보면 납득이 갈 것도 같았다. 온희의 얼굴은 어린아이 같은 해맑은 표정이었다.

"몇 살인지 물어봐도 돼요?"

"스물일곱이에요."

"정말? 스물둘, 셋밖에 안 돼 보이는데."

"누나도 서른하나, 둘밖에는 안 돼 보여요. 아니 서른도 안 돼 보여요."

"나도 그렇게 생각해요."

나는 웃었다. 그러나 온희는 내 말을 진담으로 받아들이고 진지하게 고개를 끄덕이기까지 했다.

"누나 처음 봤을 때, 제 또래인 줄 알았어요. 너무 예쁜 사람이라 멍하니 쳐다보기만 했어요."

"어디서 날 봤어요?"

"편의점에서요."

"그런데 내가 아나운서인 건 어떻게 알았어요?"

"몰랐어요. 작년에 방청객 아르바이트를 하러 방송국에 갔는
데 그때 누나를 봤어요. 너무 반가워서 쳐다만 보는데 누가 다
가오더니 정 아나, 정은영 아나운서, 이렇게 부르더라구요. 이
름도 그때 알았어요. 그래서 인터넷으로 검색해서 누나 방송을
찾아 들었어요. 목소리가 정말 천상에서 내려온 사람 목소리
같았어요. 그때부터 매일매일 누나 방송을 들었어요. 테이프에
녹음하고, 프로그램 다운받아서 MP3로 바꿔서 듣고 또 들었
어요. 녹음해서 들으면 기분이 좀 이상해져요. 한 달 전 방송을
들으면 한 달 전으로 돌아간 것 같아요. 지난가을 방송을 들으
면 늘 가을 같아요······. 시간이 아주 많이 지나간 후에 녹음한
걸 들으면 지금 이때로 돌아가 있을 것 같아요."

온희는 서두르지도 않고, 나지막하게 말을 이어갔다. 듣기
좋은 울림, 사람을 편하게 만드는 말투였다. 햇빛이 들지 않아
실내는 어두웠지만 커피는 뜨겁고, 툴툴거리며 돌아가는 선풍

기와 온희의 잔잔한 목소리가 파도처럼 귀를 적셔 졸린 듯 몸과 마음이 다 풀어졌다.

"참, 우리 집, 아니 제 방에 온 기념으로 선물이 있어요."

"선물?"

"따라와보세요."

온희는 내 손목을 잡고 밖으로 나갔다. 영문도 모른 채 나는 온희의 뒤를 쫓아갔다. 온희는 계단을 뛰어 올라갔다. 두어 층쯤 올라가니 옥상과 연결된 문이 나왔다. 온희는 옥상 문의 열쇠를 가진 모양이다. 간단하게 자물쇠를 열더니 옥상으로 나가는 대신 나를 돌아보았다.

"여기예요."

도대체 뭐가 있기에 저러나 하며 온희 옆에 섰다. 그 순간 나는 놀라 숨을 들이마셨다. 옥상 위에 온통 나팔꽃이 피어 있었다. 화분에서 시작된 넝쿨들은 난간을 타고 올라가 자기들끼리 몸을 섞고 뒤엉킨 채 서로에게 말을 건네듯 입을 벌리고 있었다. 나는 난간으로 다가가 보았다. 누군가 화분마다 대를 세우고 끈을 이어 꽃들이 지나갈 길을 만들어두었다. 가느다란 줄기들이 그 길을 뱅글뱅글 돌며 지나갔고, 지나가는 길마다 탐스러운 잎과 꽃들을 달고 있었다. 지극히 평범한 꽃, 단지 나팔꽃. 하지만 모이자 그것들은 목소리를 내고 이야기를 하는 것 같았다. 마치 마법을 씌운 것처럼. 온희가 다가왔다.

"누나가 좋아할 것 같았어요."

마치 자신이 꽃을 피게 하기라도 한 듯한 말투였다. 나는 온희를 돌아보았다. 어쩌면 정말로 이 애가 꽃을 피게 했는지 모른다는 생각이 들었다. 나는 어젯밤과 똑같은 말을 온희에게 물었다.

"정말로 마법사예요?"

나는 온희와 거리로 나왔다. 아파트는 고지대에 위치했다. 그래서인지 아파트 단지를 벗어나 위태로운 내리막길을 걸어 버스 정류장으로 내려왔을 뿐인데 마치 천상에서 하계로 내려온 듯한 느낌이었다. 배가 고프다는 인간적인 감정이 나를 사로잡았다. 나는 온희와 함께 근처에 있는 국밥집으로 들어갔다.

나는 겨우 국물만 마셨다. 몹시 배가 고팠지만 위장은 먹을 걸 받아들이지 않았다. 어제 먹은 약이 생각났다.

"근데 어제 나한테 준 약, 그건 무슨 약이에요? 방 안에도 약병이 있던데……."

"이제 말 놓으세요. 같이 밤도 보낸 사이인데."

나는 웃으며 고개를 끄덕였다.

"그거야 뭐 자연스럽게 되겠죠. 그 약, 늘 복용하는 약이에
요?"

내 말이 들리지 않는다는 듯 뜨거운 국물만 불지도 않고 훌
훌 넘기던 온희는 엉뚱한 이야기를 했다.

"뜨거운 걸 잘 먹어야 잘 산대요. 저는 엄마를 닮아서 뜨거운
걸 잘 먹어요."

"그럼 어머님이 아주 잘 사셨겠네요."

"꼭 그렇진 않아요."

온희는 서운한 표정으로 말했다.

"엄마는 가수였는데, 목소리도 예뻤지만 얼굴이 정말로 예뻤
거든요. 어릴 땐 나가 놀지도 않고 엄마 옆에 붙어서 화장하는
걸 구경했어요. 가끔 아빠랑 다 같이 나들이를 가면 사람들이
엄마 얼굴을 보러 다가오고 그랬어요. 엄마는 그러면 아주 좋
아했지만, 글쎄 아빠는 좀 싫었나 봐요. 질투 때문이었나?"

"아버님은 뭘 하셨어요? 혹시……."

"맞아요. 마법사였어요."

"가수와 마법사라, 흔치 않은 조합이었네요."

온희는 다시 환한 표정이 되어 말했다.

"그렇죠? 아빠가 엄마를 짝사랑했었대요. 아마 엄마 관심을 끌려고 마법도 마구 썼을걸요."

"꽃도 보내고, 비둘기도 날리고,"

"맞아요, 바로 그거예요."

온희가 깔깔 웃었다. 그 표정이 정말 어린아이 같아 나도 덩달아 웃었다.

"그럼 아버님한테 마술을 배운 거예요?"

"아뇨. 저는 독학으로 배운 거예요. 믿지 않겠지만 마법을 부릴 수 있는 신비한 능력을 가진 사람들이 있어요."

"믿어요."

"정말요?"

나는 고개를 끄덕였다. 사실은 황당한 이야기였다. 가수와 마법사의 결혼도 그렇고, 마법을 부릴 수 있는 능력도 마찬가지다. 하지만 그 순간에는 믿고 싶었다. 믿을 수 있을 것 같은 기분이 들었다. 내가 낯선 집에서 밤을 보내고 낯선 남자와 마주 앉아 아침을 먹고 있다는 것이 바로 그 증거였다. 있을 수 없는 일이었지만 정말로 일어났다. 정작 온희는 내가 믿는다는 것을 믿을 수 없다는 표정이었다. 눈동자가 어쩐지 불안과 슬픔 같은 것으로 잠시 흔들리는 듯했다.

"사람들은 제 얘기를 들으면 비웃거나, 아니면 일부러 믿어 주는 척해요. 처음엔 몰랐지만 지금은 그게 모두 거짓말이라는 걸 알게 되었어요."

"난 아니야. 나는 거짓말 아니야. 전부 믿어요."

온희는 환하게 웃었다. 그러고는 마치 비밀이라도 털어놓는 사람처럼 내 쪽으로 몸을 기울이며 속삭이듯 말했다.

"알아요. 나는 누나가 믿을 줄 알았어요. 나는 다 알고 있었다구요."

There was a boy,

a very strange enchanted boy.

They say he wondered very far, very far over land and sea.

A little shy and sad of eye

But very wise was he.

And then one day, one magic day,

He passed my way, and while we spoke

Of many things, fools and kings,

This he said to me

"The greatest thing you'll ever learn

Is just to love and be loved in return."

나는 도연이 대본에 쓴 가사를 여러 번 다시 읽었다. 옛날에 한 소년이 살았다. 그는 마법에 홀린 듯한 소년이었다. 그는 수줍고 슬픈 눈동자를 가졌지만 지혜로웠다. 그는 산 넘고 바다를 건너 아주 먼 곳에서 왔다. 마법에 걸린 것 같던 어느 날, 그는 나에게 다가왔고 우리는 많은 것들에 대해 이야기를 나누었다. 그가 나에게 말했다. 우리가 삶에서 얻을 수 있는 최고의 선물은 바로, 누군가를 사랑하고 그 사람으로부터 사랑받는 것이라고.

짧고 낭만적인 가사였다. 도연이 대본에 적어둔 바에 따르면, 이 노래를 만든 이든 아베즈는 동양적인 신비주의를 설파하고 다니던 괴짜 혹은 뭔가에 홀린 사람이었다. 고아원에서 자랐다고 알려진 그는 미국 전역을 도보로 떠돌았고, 채식을 하며 우주의 신비를 연구했다. 증언에 의하면 그의 얼굴은 나이가 들면서 점점 예수의 모습을 닮아갔다고 한다. 재즈 아티스트이기도 했던 그는 자신이 만든 이 노래, 〈네이처 보이〉가 널리 불릴 것임을 알았다. 그는 이 노래를 들고 당대 최고의 가수였던 냇 킹 콜을 찾아가 무조건 그를 만나겠다고 고집을 부렸다. 그의 믿음대로 냇 킹 콜과의 만남은 이루어졌고, 자신의 노래를 부르게 만드는 데 성공했다……*

그 노래는 온희를 떠올리게 했다. 수줍고 슬픈 눈동자와 마법에 홀린 듯한 소년. 나는 온희의 삶에 대해 전혀 몰랐지만 작곡가의 신비한 삶의 이력이 왠지 온희와 비슷할 것 같다는 느낌이 들었다. 나는 신비한 것을 좋아하지도 않고 믿지도 않았다. 하지만 사주팔자나 신 내림 받은 점쟁이를 믿지 않는다 해도, 그가 나에게 큰 행운이나 좋은 운명을 말해준다면 누구나 그것을 믿고 싶을 것이다. 온희의 존재는 나에게 아주 좋은 점

---

* 〈nature boy〉와 작곡자 이든 아베즈에 관한 내용은 이 사이트를 참조하였다.
www.spaceagepop.com/ahbez.htm

꽤 같은 것이었다.

　우리는 매일 만났다. 약속을 정하지는 않았다. 퇴근하고 택시에 내려 동네 한 바퀴를 돌거나, 마트에서 장을 보고 나오면 온희가 내 뒤에 서 있었다. 공원에서 나를 기다리며 서 있기도 했다. 종종 온희는 나를 위해 뭔가를 보내겠다고 했다. 그게 뭔지 맞혀보라는 것이다. 그날 오후에 나는 하늘 위로 날아가는 빨간 풍선을 보았다. 그때 온희의 문자가 왔다.

　　봤어요?

　온희의 문자가 풍선을 말하는 것인지는 분명하지 않지만 풍선은 마치 나만을 위해 거기에 있는 것처럼 허공에 둥둥 머물러 있었다.

　나는 자주 뒤를 돌아보았고 찬찬히 주변을 살피게 되었다. 많은 것들이 거기에 있었다. 길가에 떨어져 있는 조개껍데기, 비 내린 차창에 붙어 있는 이른 낙엽. 나는 그것들을 신기하게 바라보았다. 그리고 온희가 있었다. 내가 어느 길로 지나가든 온희가 기다리고 있었다.

"날 기다린 거야?"

"아뇨, 내가 불러낸 건데요. 이 길로 지나고 싶지 않았어요?"

"왜 불러낸 건데?"

"우연히 만난 척하려구요."

나는 웃음을 터트렸다. 아무것도 아닌 말인데 웃음이 터져 나왔다. 내가 이 애를 좋아하는구나, 하고 생각했다. 어떤 사람이 다른 사람을 좋아하느냐, 아니냐를 확인하는 일은 의외로 간단하다. 상대방의 별것 아닌 말에 깔깔 웃게 되면 그건 그 사람을 좋아하는 것이다. 마음이 멀어지면 웃음이 먼저 사라진다.

나는 온희를 다시 바라보았다. 온희는 늘 입고 다니는 검정색 티셔츠를 입었다. 이마 위에 드리운 머리카락은 눈썹 언저리에서 찰랑거렸다. 주로 저녁 무렵에 만나서인지 그는 늘 낮과 밤의 희미한 경계에 있는 사람처럼 보였다.

"프랑스에서는 이 무렵을 개와 늑대의 시간이라고 부른대. 모든 게 불분명하게 보여서 아군인지 적인지, 개인지 늑대인지를 구분할 수 없는 시간."

나에게는 현실과 환상의 경계가 불분명한 시간이었다. 나는 밑도 끝도 없이 감상적이 되어 그게 모두 저녁 때문인 것처럼 불평했다.

"밤이 천천히 오는 게 힘들어."

"촛불이 꺼지듯 갑자기 밤이 오면 더 견디기 힘들 거예요."*
우리는 아무 목적도 없이 동네를 싸돌아다녔다. 괜히 깔깔거리
고 이유 없이 어깨를 부딪치면서. 밤이 되면 온희는 편의점으
로 일하러 갔다. 나는 꿈에서도 온희를 만났다. 꿈에서 우리는
짐승들이 잠들어 있는 동물원의 나무 아래를 걸어 다녔다. 어
디에서든 온희가 튀어나올 것 같아 회사에서도 나는 자주 뒤를
돌아보았고, 마이크 앞에서도 나는 온희를 생각했다.

"밤새 일하면서 제 목소리를 듣고 계실 천온희 씨. 오늘 저에
게 선물 보내셨죠? 저도 천온희 씨께 선물로 이 노래 들려드릴
게요. 냇 킹 콜의 〈네이처 보이〉."

느닷없는 멘트에 도연의 눈이 동그래져서 나를 쳐다보았다.
광고가 나가는 시간에 디제이 부스 밖으로 쉬러 나간 나에게
도연이 물었다.

"천온희가 누구예요?"

* 영화 〈데드 맨〉(짐 자무시, 1995)에서 인용.

134

"비밀."

"언니, 연애한다더니……."

도연이 불쑥 튀어나온 말에 흠칫 놀라며 모니터로 눈길을 돌렸다. 아마도 정우와 관련된 소문을 들은 탓이리라. 내가 하는 연애가 한두 개냐, 혹은 너는 내가 연애의 여왕이라는 소문을 아직 듣지 못했다는 거냐, 하고 농담을 던지려다 입을 다물었다. 농담이 싫었다. 나는 내 연애에 대해 참말을 하고 싶었다.

"맞아, 나 연애해."

"누구랑요?"

현지가 놀라 물었다. 엄 피디도 힐긋 나를 쳐다보았다.

"예쁜 애야. 아주…… 예쁜 애."

그새 도연은 감동을 받아 표정이 허물어졌다. 현지가 뽀르르 다가와 말했다.

"연하구나. 언니, 기본 열 살은 어려야 연하로 치는 거예요."

"당연하지."

"대박……. 언니, 우리도 어떻게 좀……."

엄 피디가 퉁명스레 말했다.

"정신들 차려. 남자든 여자든 열 살 연하를 만나려면 내 돈이 들어야 하는 거야."

도연과 현지가 왜 이 대목에서 돈 얘길 하느냐, 우리가 돈 없다고 어린 남자도 만나지 말라는 거냐, 아우성을 쳤다. 만만한 게 나지, 하는 엄 피디의 불평을 들으며 나는 디제이 부스로 돌아왔다. 헤드셋을 끼자 노래의 마지막 대목이 나오는 중이었다.

The greatest thing you'll ever learn is just to love and be loved in return······.

온희는 나에게 운전을 가르쳐주겠다고 했다. 말만 한 게 아니라 선배의 차를 빌려 왔다. 폐차 직전의 세피아였다.

"안 돼. 나는 오르막을 못 가."

"걱정 마세요. 마법이 있는데 무슨 걱정."

나는 온희가 시키는 대로 어느 산동네를 향해 차를 몰았다. 양쪽으로 이어진 골목에서 쉴 새 없이 차들이 튀어나오고, 아이들이 자전거를 타고 돌아다니는 오르막길이었다. 나는 눈물이 나올 지경이었다.

"제발 네가 운전하면 안 돼?"

"안 돼요. 자, 눈을 감아봐요."

"수리수리마수리 그런 걸로는 안 될 거야!"

"그런 유행 지난 걸 누가 쓴대요? 이 세계가 트렌드에 가장 민감하다는 거 모르죠?"

나는 시키는 대로 눈을 감았다. 온희는 자신의 손을 내 허벅지 위에 올렸다. 나는 깜짝 놀랐지만 내색하지 않았다. 온희는 다 안다는 듯이 말했다.

"긴장되죠? 이제 다리에 힘이 들어갈 거예요. 해봐요."

나는 눈을 뜨고 정면을 바라보았다. 나는 심호흡을 하며 교습 때 배운 대로 양쪽 다리를 가위 모양으로 교차해야 한다는 걸 생각했다. 하지만 내 신경은 온통 내 허벅지에 닿은 온희의 체온에 가 있었다. 온희의 손에 힘이 들어갔다. 나는 그 힘만큼 액셀을 밟았다. 윙, 엔진이 돌아가는 소리와 함께 차가 앞으로 쭉 나갔다.

"그것 봐요, 되잖아요!"

나는 액셀을 계속 밟았다. 백미러로 뒤를 보면 아찔할 것 같아 나는 앞만 보며 오르막길을 올라갔다. 골목에서 자전거가 튀어나왔다. 나는 놀라 차를 멈췄다. 시동이 꺼졌다.

"다시 클러치부터 시작해요."

나는 말 잘 듣는 어린아이처럼 클러치를 밟고 시동을 걸었다. 다시 온희의 손에 힘이 들어갔다. 나는 액셀을 밟았다. 내가 모는 차는 술에 취한 사람처럼 비틀거렸지만 산꼭대기 아파트 단지까지 올라갔다. 차를 세우고 내가 올라온 길을 내려다보니 믿어지지가 않았다. 온희는 나보다 더 신나는 얼굴이었다.

아파트 단지 안에선 동네 축제가 열리고 있었다. 구청에서 실시하는 주민 축제라는 현수막이 걸려 있었다. 온갖 장사치들이 모여들어 가판대를 만들었고, 노래자랑과 아이들 선물 행사가 벌어지고 있었다. 온희와 나는 천천히 낯선 동네 안을 돌아다녔다.

"저길 좀 봐."

한쪽 구석에서 마술사가 아이들에게 마술을 보여주고 있었다. 그는 모자도, 수염도 없었다. 낡고 몸에 맞지 않는 연미복이 초라해 보였지만 얼굴에는 한껏 웃음을 달고 조무래기들 앞에서 재주를 뽐내고 있었다. 그는 아이들에게 자신의 손안에 있는 동전을 보여준 다음 그것을 한꺼번에 사라지게 하는 마술을 보여주었다. 사라진 동전은 아이들의 머리와 귀에서 하나씩 나왔고, 아이들은 탄성을 질렀다. 동전은 아이들의 몸에서 끝없이 나왔다. 그리고 다시 사라졌다. 온희와 나는 박수를 쳤다.

박수에 신이 난 마술사는 이번에는 빨간 손수건을 들고 나왔다. 그는 손수건을 우리 앞에서 휘휘 휘둘러 보인 다음, 가위로 싹둑싹둑 잘랐다. 너덜너덜해진 손수건을 아이들에게 확인시킨 다음 그는 손수건을 주먹 안으로 집어넣었다. 그리고 손을 펴자 어느새 가위로 자르기 전의 새 손수건이 나왔다. 아이들이 다시 탄성을 질렀다. 그때 무리들 속에 앉아 있던 중학생 정도 되는 아이 하나가 소리를 질렀다.

"조금 전에 손목 안에 감추는 거 봤어."

모여 있던 아이들이 죄다 중학생을 쳐다보았다. 중학생의 얼굴에는 자신은 그런 눈속임에는 넘어가지 않는다는 자만심과 함께 모욕을 주고 싶어 견딜 수 없어 하는 악의가 반짝거렸다. 중학생은 누가 시키지도 않았는데 벌떡 일어서더니 자신의 손목을 탁탁 쳤다. 어른 하나가, 거 손목 좀 봅시다, 하자 모두의 시선이 마술사의 손목을 향했다. 무심하게 지나치던 사람들조차 거짓이 발각되는 모습을 보려고 걸음을 멈췄다. 마술사는 성급히 다른 묘기를 부리려고 상자를 집어 들었지만 술 취한 남자 하나가 마술사에게 다가가 손목을 붙잡았다.

"좀 보자고. 보자니까!"

집요함을 견디지 못하고 마술사는 자신의 손목을 감싼 셔츠 커프스를 열었다. 빨간 손수건이 그 안에서 나왔다.

우, 경멸과 허탈함이 뒤섞인 소리가 섞여 나왔다. 마술사의 얼굴은 구겨졌고, 정작 거짓말을 폭로한 중학생은 자신이 마술을 부리기라도 한 듯 의기양양한 얼굴로 사람들을 돌아보았다. 나는 민망해져서 자리를 뜨고 싶었다. 그때 모여 있던 사람들 중 누군가가 말했다.

"저것 좀 봐."

나는 허공을 쳐다보았다. 허공에 빨간 손수건 한 장이 바람을 타고 날아오고 있었다. 마치 마술사가 손가락으로 부르기라도 한 것처럼 천천히 마술사에게 가 닿았다. 마술사가 손으로 손수건을 잡자 다시 똑같은 손수건이 날아왔다. 한 장 한 장 또 한 장. 마술사는 다시 미소를 지으며 손수건을 받았다. 사람들이 박수를 쳤다. 마치 중학생의 폭로까지 대본에 있었던 것처럼 이어진 반전에 열광했다. 나는 온희를 쳐다보았다. 온희는 마술사만을 바라보고 있었다. 마술사가 온희를 힐긋 쳐다보았다. 두 사람의 눈이 잠시 마주쳤다. 나는 마술사의 눈 안에서 의심과 당황과 안도가 뒤섞인 흔들림을 보았다. 마술사는 손수건을 모두 모은 다음 노련하게 모자를 돌렸다. 적절한 타이밍이라 사람들이 돈을 던졌다. 나도 지갑에서 만 원짜리를 꺼내 모자 안에 넣었다. 온희는 내 손을 잡고 자리를 떴다. 나는 온희의 손을 힘주어 잡았다.

"믿을 수 없어."

"뭘요?"

"모든 걸."

"원한다면 우리 둘이 손을 잡고 허공을 날 수도 있어요."

"아, 안 돼. 그러지 마. 지금으로 충분해."

"나도 그렇게 생각해요."

돌아올 때는 온희가 운전을 했다. 내가 너무 피곤하다고 떼를 썼던 것이다. 차가 산동네를 내려와 큰길로 나가기 직전 온희가 갑자기 후진을 하기 시작했다.

"왜?"

"음주 단속."

온희 말대로 저만치 단속 경찰관들이 보였다.

"술 안 마셨잖아."

"그렇긴 한데……."

"근데?"

"운전면허가 없어요."

"뭐?"

"무면허예요."

나는 너무 황당해서 웃음이 터져 나왔다. 나는 온희를 운전
석에서 내리게 하고 자리를 바꿔 앉으면서도 계속 배를 잡고
웃었다. 아무래도 내가 온희를 너무 좋아하는 것 같았다.

그날 온희와 헤어지기 전에 했던 말이 기억이 난다. 내가 온
희를 붙잡고 직장을 그만둬야 할 것 같은데 대안이 없다고 투
덜거렸던 때였다.

"사는 것 참, 생각대로 되지 않아."

"생각대로 되지 않는다는 건 정말 멋진 일 아니에요? 그건,
생각하지도 못한 일이 매일매일 일어난다는 뜻이니까."

"좋은데. 원래 그렇게 무한 긍정의 사람이야?"

"〈빨강머리 앤〉에서 나오잖아요. 어릴 적에 텔레비전에서 만

화로 봤는데."

정말로 생각지도 못했던 일이 일어났다. 위층 할머니 집에서였다. 자정 뉴스가 시작될 때쯤 위층에서 소란스러운 소리가 들렸다. 지난번처럼 앙칼진 여자의 목소리가 집 안을 울렸다. 문 열어, 문 열란 말이야! 여자는 소리치며 잠긴 문을 잡아당겼다. 안에서는 아무런 기척이 없었다. 여자가 누군가에게 열쇠업자를 부르라고 소리치는 소리가 들렸다. 무슨 일이 벌어진 게 분명했다. 할머니가 돌아가시기라도 한 것일까. 혹 스스로 목숨을 끊은 건 아닐까. 나는 다시 초조해져서 위층에서 들리는 소리에 귀를 기울였다.

안에서 누가 문을 열어준 것인지, 아니면 열쇠업자가 온 것인지, 사람들이 안으로 들어가는 소리가 들렸다. 이윽고 찢어지는 비명이 빌라를 울렸다. 나는 놀라 집 밖으로 튀어나갔다. 역시나 나쁜 예감은 틀리지 않는다. 할머니가 돌아가신 것이다. 벌써 몇 주는 된 것 같은데 할머니는 그동안 주검이 되어 부패해 있었던 것이다.

내가 위층으로 달려 올라가자 앞집에서도 문을 빼꼼히 열고 내다보는 중이었다. 얼굴에는 호기심과 함께 짜증이 역력했다.

할머니 집의 현관문 앞에는 할머니와 비슷한 연배의 여자가 문을 붙잡고 서 있었다.

"무슨 일이에요?"

내가 묻자 그녀는 한숨만 폭 내쉬었다. 나는 집 안으로 들어갔다.

"계세요?"

그와 동시에 내 발치로 술병이 날아와 깨졌다. 할머니와 비슷한 연배의 또 다른 여자가 집기를 집어 던지며 난동을 부리는 중이었다. 맞은편 소파에 할머니가 어떤 남자와 함께 앉아 있었다. 할머니는 죽은 것이 아니었다. 멀쩡하게 살아 있었다. 나는 일단 안도했지만, 바로 다음 순간 내가 대단히 이상한 상황에 뛰어들었다는 것을 알아차렸다. 난동을 부리던 여자는 할머니의 머리칼을 쥐어뜯을 모양으로 할머니한테로 달려들었다. 남자가 할머니를 몸으로 막았고, 내가 여자를 붙잡았다.

"진정하세요."

"이거 놔! 당신이 뭔데 상관이야?"

맞는 말이었다. 상관없는 나는 조용히 돌아갈 생각으로 물러섰다. 그러자 난동을 부리던 여자가 내 손목을 덥석 잡았다.

"가긴 어딜 가? 나랑 경찰서에 가서 증언 좀 해요. 내가 저 연놈들을 감옥에 처넣고 말 거니까!"

내가 뭐라고 항변할 기회도 없었다. 여자는 내 손을 잡고 놓아주지 않았고, 엉겁결에 나는 그들에게 끌려 파출소까지 따라가게 되었다. 현관문 앞에 기다리던 여자가 달려 내려가 차의 시동을 걸었다. 관리인이 다가와 우리가 차에 오르는 모습을 지켜보았다. 나는 용기를 내어 내가 왜 같이 가야 하는지를 물었다.

"저는 이웃 사람이라 올라가본 것뿐인데요."

"그러지 말고 같이 가요. 가서 본 대로 얘기해줘요."

위층 할머니가 담담하게 말했다. 할머니의 집에 있던 남자가 할머니와 함께 뒷좌석에 오르려하자 난동을 부리던 여자가 소리쳤다.

"앞으로 가!"

남자는 고분고분 앞자리에 올랐다. 뒷좌석에는 할머니와 난동 부리던 여자, 그리고 그 사이에 내가 앉았다. 이상한 조합이었다. 여자는 나를 붙잡고, 이 연놈들이 다 늙어서 부끄러운 줄도 모르고 붙어먹었으며 이제 그 대가를 치르게 할 거라고 말했다.

"아, 예……."

나는 그렇게밖에 말할 수가 없었다. 할머니는 여전히 고상하고 차분한 얼굴로 마치 나들이를 가는 듯 창밖만 바라보았다. 그 표정에 다시 분이 끓어오르는지 여자는 할머니의 머리카락을 붙잡으려 팔을 뻗었다. 내가 몸으로 막았다. 앞 좌석의 남자가 돌아보며 여자에게 소리쳤다.

"누나한테 그러지 말라고. 무슨 짓이야?"

"누나? 에잇, 이 미친놈아! 넬모레 관에 들어갈 놈이 누나랑 붙어먹고 싶냐?"

여자는 남자의 머리를 향해 손을 뻗었다. 남자는 대머리여서 여자는 숫제 남자의 머리통을 쥐고 흔들었다. 남자는 비명을 지르고, 내 옆의 여자는 악을 쓰고, 운전대의 여자는 신호가 길다고 화를 냈다. 할머니만 담담했다.

난리 끝에 파출소에 도착했다. 파출소에서도 차 안에서와 비슷한 아우성이 이어졌지만 상황은 명백했다. 파출소장이 직접 나와 경위를 들었다.

"내가 이 둘이 집 안에 있는 걸 잡았다잖아요! 내가 저 둘이 문자를 주고받은 것도 다 봤고, 사진도 찍어뒀어요. 우리 애가 증거로 가져가라며 컴퓨터에서 뽑아줬다고요!"

난동 부리던 여자는 코트 호주머니에서 종이 뭉치를 꺼내 흔들었다. 파출소장은 그걸 건네받아 내용을 읽어보았다. 할머니는 내 옆에 앉아 모든 것이 자신과는 무관한 일이라는 듯 다른 곳을 보고 있었다. 소장이 할머니를 불렀다. 소장은 할머니에게 간통 여부를 직접적으로 물었다.

"그런 건 증거를 가지고 말을 해야지. 증거가 있어요?"

"문자로 오해 사실 만한 이야기도 나누고 그러셨잖아요."

"그게 증거가 돼요? 대한민국 법이 그래요?"

"간통이 아니면 그 시간에 남자분이 댁에는 왜 가 있었습니까?"

"내 집에 누굴 부르던 그건 내 마음 아니에요? 아는 동생이라 불렀어요."

"그래도 밤이 늦었고, 혼자 사시는 집이라 남들이 오해할 수⋯⋯."

"오해하라고 해요. 그건 그 사람 문제지, 내 문제가 아니라."

할머니는 언성도 높이지 않고 쌀쌀맞게 대답했다. 여자가 소리를 지르며 할머니한테 달려들려고 몸을 기울였다.

"다 늙은 게 뭐 잘한 게 있다고! 나이 처먹었으면 곱게 늙어야지!"

경찰관 하나가 막아섰다.

"이러시면 안 됩니다. 진정하세요."

"둘이 한밤중에 같이 있다 잡혔는데 무슨 증거가 더 필요하냐고?"

소장이 한숨을 쉬며 말했다.

"이건 이혼 사유로 인정될는지는 몰라도 간통 사유는 안 됩니다. 두 사람의 성관계를 인정할 만한 증거가 아니잖아요."

"성관계 증거?"

여자는 다시 남자에게 달려들어 옷을 잡아당겼다.

"당장 속옷 벗어. 어서! 당장 벗으라고!"

남자는 옷을 부여잡고 왜 이러느냐고, 자신은 간통한 적 없다고 소리쳤다. 여자는 남자의 말에 아랑곳 않고 남자의 옷을 쥐어뜯었다. 옷이 찢어지고, 남자는 소리 지르고, 보다 못한 경관들이 뜯어말렸다. 나는 한숨을 쉬며 고개를 돌렸다. 희극도 이런 희극이 없었다. 다른 경찰관 한 명과 눈이 마주쳤다. 전에 온희가 일하는 편의점에서 만난 경찰이었다. 그도 나를 알아보고 다가와 인사를 건넸다.

"요즘은 집에 이상한 일 없어요?"

"네, 없어요. 그땐 죄송했어요."

"아닙니다. 조심하는 게 좋죠. 근거 없는 걸로 떠드실 분이 아닌 것 같아 편의점 주인과 얘기를 해봤어요. 그 가게에서 일한 지 좀 된다고 하더라구요. 그사이 별문제도 없었고 착한 애라고 해서 더 수사는 안 했어요. 고아라고 하던데, 그게 범죄는 아니니까요."

고아라……. 온희가 해주었던 부모님에 관한 이야기는 무엇이었을까. 최근에 돌아가셨다면 고아라고 하지는 않았을 텐데, 고아원에서 자랐다는 말일까. 새삼 내가 온희에 대해 아는 것이 거의 없다는 것을 알았지만 나는 흘려들었다. 엉뚱하게도 나는 〈네이처 보이〉의 작곡가 이든 아베즈도 고아였다는 걸 떠올렸다.

"아무튼 신경 써주셔서 감사합니다."

나는 경찰과의 대화를 그렇게 마무리했다. 너무 시끄러워 다른 이야기를 더 할 수도 없었다. 시간은 이미 새벽 한시를 넘어가고 있었다.

나는 할머니와 함께 집으로 돌아왔다. 소장이 돌아가도 좋
다고 말하자 할머니는 다른 사람들에게 시선 한 번 안 주고 냉
큼 일어났다. 나도 할머니의 뒤를 쫓아갔다. 집이 같으니 가는
길도 같을 수밖에 없었다. 옷도 챙겨 입지 않은 채 걷기에는 먼
거리였으나 엉겁결에 빈손으로 파출소까지 끌려왔으니 택시
를 잡을 수도 없었다. 9월이 지나가면서 밤공기는 꽤 쌀쌀했다.
앞서 가던 할머니가 뒤를 돌아보았다.

"춥지 않아요? 내 옷을 벗어줄까?"

"아뇨, 괜찮아요."

"괜히 남 일에 고생을 했네. 그래도 좋은 구경이었지?"

내가 피식 웃자 할머니도 같이 웃었다. 나는 할머니와 나란
히 걷기 시작했다.

"근데 우리 집에는 왜 온 거야?"

"무슨 사고가 났나 싶어 가봤어요. 통 안 보이시기에……."

"딸이 아파서 거기 좀 가보느라고."

딸이라면 지난번에 싸웠던 사람일 텐데, 화해가 됐나 보다.

다행스러운 일이었다.

"저렇게 자기 관리가 안 되는 남자인 줄 알았으면 안 만났을 텐데. 역시 사람을 가려 만나야 돼. 내가 사주에 도화살이 있어서 남자를 좋아하는 편이지만 남자 문제로 이런 창피까지 당해 본 적은 없는데, 혼자 오래 있으면 외로워지게 마련이고, 외로우면 실수를 하게 돼."

나는 끄덕였다. 할머니가 걸음을 멈추고 나를 쳐다보았다.

"믿을지 모르겠지만, 저 인간이 나한테 싱글이라고 말했어. 거짓말을 한 거지."

"그럼 경찰한테 그 말씀을 하시지 그러셨어요?"

"뭐하러? 혼자가 아니라고 해도 나는 만났을 거야. 내가 듣고 싶어 하니 거짓말을 한 거고, 속고 싶은 사람이 속는 거야. 남욕할 게 뭐가 있어. 어차피 남녀 관계란 거짓말로 시작해서 거짓말로 끝나는 거."

정말 그런 걸까? 할머니는 자기 인생에서 얻은 교훈을 일반화시키고 있다는 생각이 들었다. 냉소가 지혜는 아닌 것처럼 경계가 희미하다고 해서 참말과 거짓말, 사랑과 사랑 아닌 것이 그렇게 뒤섞일 수는 없다. 할머니도 피식 웃었다.

"뭐, 그럼 어때? 거짓말 덕에 재미있었으니까, 그럼 된 거야. 난 더 속아줄 수 있는데, 속아주고 싶어도 내 나이가 되면 다들 죽고 없는 게 진짜 문제야."

나는 고개만 끄덕였다.

추웠다. 할머니와 나는 편의점 앞을 지나갔다. 유리창 너머로 온희가 일하는 모습이 보였다. 나는 할머니에게 편의점에 잠시 들러야 한다며 먼저 돌려보냈다. 내가 문을 열고 들어서자 온희는 깜짝 놀란 얼굴로 나를 쳐다보았다.

"이 시간에 어쩐 일이에요?"

"보고 싶어서."

온희는 내가 자기 집에 놀러 가기라도 한 듯 사발면을 꺼내 나를 대접했다. 새벽 세시. 온희가 라디오 볼륨을 높였다. 익숙한 시그널 음악과 함께 내 목소리가 흘러나왔다.

한밤의 음악실, 안녕하세요, 정은영입니다.

후르륵후르륵 면을 삼키며 우리는 이유 없이 웃었다. 나는 라면 냄새를 풀풀 풍기는 입으로 온희에게 입을 맞췄다. 유리창 너머 가득한 어둠이 우리를 쳐다보고 있었다.

그가 나에게 말했습니다,
이 세상에서 최고의 선물은……

그해 가을은 유난히 짧았다. 나는 운전면허를 땄고 무려 50시간에 가까운 연수를 받았다. 정식 면허를 받은 날에는 너무 기쁜 나머지 당장 새 차를 사려고 적금 통장을 만지작거렸다. 엄 피디가 나를 말렸다.

"이럴 때 차를 사면 실수해. 남자도 몸이 달았을 때 만나면 안 되는 것처럼 차도 마찬가지야. 렌트해서 이것저것 한번 몰아보고 사도록 해. 오빠 말 들어."

곧 잘릴 거라는, 봄부터 떠돌았던 소문과 위협에도 불구하고 우리 프로그램은 가까스로 버티고 있었다. 하지만 더는 안될 것 같은 분위기였다. 뭘 해도 청취율은 제자리였고, 가을이 되면서 그마저도 흔들렸다. 우리는 머리를 맞대고 국장, 본부장과 부딪히지 않으려면 엘리베이터를 타지 말고 계단을 이용해야 한다는 등의 진지한 대책을 내놓곤 했다.

"우리 프로그램을 듣는 건전하고 사색적인 시민들이 지금 정치에 몰두해 있어서 그래요."

도연이 나름의 진단을 내렸다. 엄 피디는 긍정인지, 부정인지 알 수 없는 콧소리를 냈다.

"대선 결과가 좋으면 우리 프로그램도 살고, 안되면 우리도 같이 망하는 거죠."

하지만 도연이 열렬히 지지하고 있는 여당의 대통령 후보는 어찌해볼 도리 없이 지지율이 가라앉고 있었다. 후보 교체 압력에 밀린 여당의 후보는 여론조사를 통해 후보를 단일화하자는 안을 내놓았고, 도연은 꼭 여론조사에서 이겨야 한다며 착신전환을 설정하는 법까지 가르쳐주었다. 엄 피디는 냉정했다.

"여론조사도 힘들겠지만 대선에 간다 해도 안 될 거야. 이번 대선은 한나라당이 이긴 거야."

나는 우리 프로그램이 잘리면 사표를 던져야 할 거라고 생각하고 있었다. 여전히 대안은 없었지만 내가 회사에 남아 있을

명분도 없었다. 도연이 간절한 얼굴로 말했다.

"기적이라는 것도 있잖아요."

내가 그 이야기를 하자 온희는 그럼요, 라고 말했다.

"당연히 이겨요."

"네가 이기게 만들 수 있다는 뜻이야?"

"그 정도는 사소한 거라고 말할 수 있어요."

나는 깔깔 웃었다. 정말 모든 것이 사소하고, 아무런 걱정을 할 필요가 없다는 생각이 들었다. 나는 온희와 함께 고속도로를 달리고 있었다. 나는 엄 피디의 충고대로 렌터카 회사에서 차를 빌려 온희와 함께 목적지도 없이 마구 달려보기로 했다. 우리는 고속도로 휴게소에서 밥을 먹고 커피를 마셨다. 온희는 길을 아주 잘 알았다.

"여기 와봤어?"

"그럼요. 제 고향이 여기 근처인걸요."

"정말? 마법의 나라에서 태어난 게 아니고?"

"가볼래요? 제 집이 있어요."

"집?"

"네, 내가 만든 집. 내가 만들었다기보다는 고친 거지만. 어쨌든 내 집이에요."

온희의 집은 충청남도와 북도가 만나는 경계쯤에 위치했다. 고속도로에서 빠져나와 국도로 갈아타고 한 시간쯤 들어가야 하는 외진 곳이었다. 우리는 시외버스 정류장에 들러 간단히 먹을 걸 사기로 했다. 온희는 커피믹스와 빵, 초콜릿 따위를 골랐다. 핸드폰이 울렸다. 정우였다. 몇 달이 지나도록 단 한 번도 연락이 없었는데 무슨 일인지.

"전화받으세요."

"됐어. 필요 없는 전화야."

나는 전화기를 꺼버렸다. 우리는 다시 차에 올라 몇 개의 마을을 지나쳐 국도를 달렸다. 정우의 전화가 머리 한 켠에 들러붙어 있었다. 그것은 이제는 정우의 전화가 내 머릿속 모든 것을 차지하지 않는다는 의미이기도 했다. 슬프지도 않고 기쁘지도 않았다.

"저기서 좌회전을 해야 해요. 비보호니까 알아서 건너가야 해요."

나는 천천히 속도를 줄이면서 비보호 도로, 내가 알아서 조심해야 하는 낯선 길로 접어들었다.

도착한 곳은 산속으로 한참 들어간 작은 동네였다. 100여 채의 집들이 옹기종기 모여 있는 전형적인 시골 마을. 동네는 산으로 둘러싸여 고즈넉했다. 추수가 끝난 논과 밭 사이, 별장처럼 근사한 집들도 몇 채 보였다. 온희는 자신의 집이 동네 끄트머리에 있다고 말했다. 집들과 구불구불 이어진 밭을 지나, 동네를 가로지르는 개울과 그 개울에 놓인 오래된 돌다리를 건너고, 완만한 경사를 가진 언덕을 올라가자 그 언덕 아래에, 마치자신을 드러내기 싫다는 듯 숨어 있는 주황색 지붕이 보였다.

"저기예요."

내가 언덕배기에 주차를 했다. 온희는 장난꾸러기처럼 차에서 뛰어내려 집으로 달려갔다. 나는 천천히 언덕을 내려가며주변을 둘러보았다. 집을 짓기에는 이상한 장소였다. 밭이 있던 자리에 집을 올린 모양이었다. 근처에 다른 집들도 있었던모양인데 일부러 부숴버린 듯 집이 있던 흔적만 남아 있었다. 그 때문에 온희의 집은 마치 따돌림당한 어린애처럼 혼자 뚝떨어져 있었다. 가파른 비탈과 이어진 마당 끝에 빈 개집이 놓여 있었다. 전원주택이나 별장으로 불리는 집과는 거리가 멀었다. 버려진 집에 벽을 바르고 페인트를 칠해 가까스로 사람이 사는 행색을 갖춘 듯이 보였다. 지붕은 새것이었지만 창틀과 문은 불에 탄 적이 있는지 그을린 데도 있었다. 골짜기를 마주한 탓에 바람이 심하게 불어 황량한 느낌마저 주었다. 골짜기 맞은편에는 국도가 나 있어 이따금 차들이 빠른 속도로 지나갔다.

"틈만 나면 여기 와서 제 손으로 수리했어요. 벽도 제가 시멘트를 바르고 칠한 거예요. 아직 다 고치지 못해서 모양은 좀 험악하지만 마저 고칠 거예요."

내가 주변을 둘러보는 동안 온희는 오래된 자물쇠를 붙잡고 씨름했다. 이윽고 문이 열리자 온희는 문을 붙잡고 서서 설레는 표정으로 나를 바라보았다. 나는 안으로 들어갔다.

"아⋯⋯."

아주 조그만 집이었다. 원래는 방 두 개가 나란히 붙어 있는 것을 벽을 파내 하나로 이어놓은 모양새였다. 틈날 때마다 와서 고쳤다는 말은 빈말이 아니었다. 벽에는 회칠을 하고, 한쪽 구석에는 연통을 달아 화목난로를 들여놓은 데다 창문에는 격자로 틀을 짜고 색색의 유리를 넣어두었다. 그 유리를 통과한 햇빛이 또한 색색으로 비쳐 들어 노란 장판 위에 떨어졌다. 가구라고 부를 만한 것은 없었다. 아주 조그만 책꽂이, 텅 빈 벽에 매달린 거울, 등받이 없는 의자 들은 모두 고물상에서 주워 온 듯 초라하고 낡았지만, 낡은 것만이 가질 수 있는 따뜻함 같은 것이 있었다.

한쪽 구석에는 잡동사니라고 불러야 할 오래된 물건들이 쌓여 있었다. 오래된 책, 무엇에 쓰는지도 알 수 없는 이상한 소도구들. 낡아빠진 조그만 상자를 열자 인형이 툭 튀어나왔다. 스프링에 매달린 인형은 우스꽝스럽게 좌우로 몸을 흔들었으나 너무 낡고 조잡하여 오히려 서글퍼 보였다. 나는 상자를 닫았다. 턴테이블이 없어 무용지물인 레코드판들도 있었다. 그리고 양쪽에 커다란 스피커가 달려 있는, 역시나 낡은 카세트. 나는 카세트로 다가가 유적을 대하는 양 조심스럽게 버튼을 눌러보았다. 카세트는 작동했고, 테이프가 돌아가며 노래가 흘러나왔다. 노래는 마치 마법의 주문처럼 느리고 낮은음을 반복했다.

"여긴 내 집이에요. 여긴 내 마음대로 올 수 있고, 내 마음대로 닫아둘 수도 있어요. 재산세도 꼬박꼬박 내는걸요."

재산세라는 것은 정말 얼마 되지 않을 것이다. 요즘 외진 시골에는 버려진 집도 많으니 집값도 정말 보잘것없을 테지만 온희의 목소리에는 자부심이 넘쳤다. 그 자부심이 귀여워 나는 고개를 끄덕였다.

온희는 뒷마당과 부엌을 오락가락하며 불을 지피기에 바빴다.

나는 쪽문을 통해 부엌으로 쫓아가 아궁이 앞에서 불을 때고 있는 온희 옆에 앉았다. 온희는 깔고 앉아 있던 판자 조각을 나에게 주고 자신은 신문지를 가져와 깔고 앉았다. 판자에는 온희의 체온이 남아 따뜻했다. 재래식 부엌이라 바닥이 낮고 그냥 흙이었다. 군데군데 시멘트로 보수한 흔적이 보였다. 타일을 붙이다 중단한 상태였다. 수리를 하다 돈이 모자랐나 보다. 구석에는 그을음이 잔뜩 앉아 있었다.

"불이 났던 거야?"

온희는 아궁이 안의 불길을 보느라 대답하지 않았다.

"산에는 해가 금방 져요. 그리고 도시와는 비교가 안 되게 무지 추워요. 이제 됐어요. 불이 붙었어요."

아궁이를 향해 손을 내밀자 주황색 불빛이 손바닥에 와 닿았다.

"이곳이 마법사와 가수가 살던 집이구나."

"네, 나는 여기서 태어났대요. 가끔 여기 와서 며칠씩 잠을 자고 가요. 여기는 잠자기에는 정말 좋은 장소거든요. 나쁜 꿈도 꾸지 않아요."

자기 집에 와서인지 온희는 어린애처럼 들떠 보였다.

"돈을 좀 더 벌어서 문이랑 창틀을 다 고치고 나면, 가구를 만들 거예요. 목공을 배운 적이 있거든요. 우선 침대를 만들 거고, 테이블이랑 의자도 만들 거예요. 누나 의자도 만들어놓을게요."

"고마워."

우리는 터미널 편의점에서 사온 빵과 우유, 커피믹스로 저녁을 때웠다. 온희는 아궁이에서 불붙은 장작을 가져와 화목난로 안에 집어넣었다.

"난로에서 그냥 불을 피우면 연기가 많이 나요."

난로 안에서는 장작이 활활 타고 낡은 카세트에서는 테이프가 연신 지직지직 잡음을 내며 돌아갔다. 나는 믿을 수 없을 정도로 느긋해져서 이곳에서 계속 살아도 될 것 같은 느낌이 들었다. 아무것도 하지 않은 채 그냥 멍하니 있으면 세월이 가고, 그래도 아무것도 슬프거나 안타깝지 않을 것 같은 기분이 잠시 들었다. 온희가 내 마음을 읽었는지 물었다.

"여기서 살고 싶지 않아요?"

"맞아, 여기서 계속 살고 싶어."

그건 거짓말일 수도 있었다. 아마 평생 살고 싶다는 건 여행지에서 잠시 느끼는 감상에 지나지 않을 것이다. 하지만 온희는 진지했다.

"요즘은 인터넷이 있어서 여기서도 지루하지 않아요. 조금 불편하긴 해도 봄에 꽃이 피면 정말 계속 살고 싶을 거예요."

"그래, 정말 그럴 것 같아. 아무 데도 가지 않고 여기 있고 싶어."

나는 온희를 실망시키고 싶지 않아 그렇게 말했다. 온희의 표정이 환해졌다. 나는 화제를 돌렸다.

"다른 얘길 해봐."

"뭘요?"

"너에 대해. 나는 너에 대해 잘 몰라."

"음······."

"이를테면 첫사랑이라거나. 그런 얘기 하기에 어울리는 장소야, 여긴."

"제 첫사랑은……."

온희는 정말로 자신의 첫사랑을 이야기했다. 신기했다. 왜냐하면 온희는 마치 마법사의 모자에서 툭 튀어나온 것처럼, 평범한 사람들과는 완전히 다른 세상에서 살다 온 것처럼 느껴졌던 탓이다.

제가 아주 어렸을 때 그 애를 만났어요, 라고 온희는 이야기를 시작했다. 그러니까 온희가 중학교 때 알았던 여자애였다. 온희는 세상에 그 여자밖에 없는 것처럼 긴 시간 그 애를 좋아했다. 얼굴이 뽀얗고, 키가 작고 통통했으며, 웃을 때 보조개가 한쪽 볼에 패는 귀여운 여자애. 그 애와 사귈 때가 가장 행복했었다고 말할 때 나는 잠시 질투 비슷한 감정을 느꼈다. 이상한 일이었다. 예전에 정우한테서도 사귀던 여자의 이야기를 들은 적이 있지만 그때는 질투 같은 걸 전혀 느끼지 않았다. 나와는 상관없는 일이라 생각했었다. 하지만 온희가 그 여자애를 두고 '가장' 행복했었다는 말을 쓰자 마치 나에게 왔어야 할 어떤 영광을 빼앗아버린 듯 서운하게 느껴졌다.

"제가 잠시 멀리 가 있어야 하는 사정이 생겼어요. 그사이 그 애한테 다른 사람이 생겼나 봐요. 나를 만나고 싶지 않다고 했어요. 그래서 헤어졌어요. 나는 늘 걔가 원하는 걸 해주고 싶었거든요."

"늘 걔가 원하는 걸 다 해줬어?"

"내가 할 수 있는 거라면. 다들 그러는 거 아니에요?"

"다들 그렇진 않을 거야. 대부분은 자신이 원하는 것을 하려고 해."

"물론 제가 해줄 수 있는 건 얼마 되지 않았어요."

"왜 그 애한테는 마법을 쓰지 않았어?"

"아, 그땐 수련 중이라 쓸 수가 없었어요. 걔는 내가 마법사라는 걸 믿지도 않았어요. 마법사가 나오는 이야기는 좋아했지만 믿지는 않았어요. 그러니까 누나하고는 달랐어요."

나는 웃기만 했다. 난로에서 나무가 타닥타닥 소리를 내며 타들어갔다. 나는 어렸을 때 읽은, 마법이 나오는 동화책을 이야기했다. 새가 마법의 반지를 물어다 주는 내용이었다. 그 시절에 많은 이야기를 읽었다. 가난한 소녀에게 왕자님이 나타나고, 장난꾸러기 아이는 기러기를 타고 온 세상을 여행했다. 숲에서 길을 잃은 아이는 요정을 만나고, 마법의 성에 갇힌 공주를 구하기 위해 기사가 칼을 휘두르며 찾아왔다.

그 이야기들은, 그 이야기 속에 마법들은 정말 다 거짓말이었을까. 거짓말은 다 한 묶음으로 똑같은 것일까. 남편은, 정우는 나에게 거짓말만 한 것일까. 내가 한 거짓말은 무엇이었을까. 진심 대신 던졌던, 진심을 들키지 않으려고 내뱉었던 모든 농담들. 그것도 다 거짓말일까. 다 거짓말이기만 했을까. 거짓말과 참말의 경계는 어떤 것일까. 내 생각은 체계적으로 이어지지 않았다. 모든 것이 어릴 적 읽은 동화책처럼 아득하게만 느껴졌다.

나는 온희를 가만히 바라보았다. 밤이 깊어가는 소리가 들렸다. 멀리 개 짓는 소리나 마당을 지나가는 바람 소리도 아니고, 낡은 테이프가 돌아가는 소리도 아니었다. 시간은 멈춰버린 것 같지만 밤이 자기 무게를 못 이겨 가만히 내려앉는 소리가 정말로 들리는 것 같았다. 공기는 따뜻하게 부풀어 올라 마치 풍선 안에 들어와 있는 것 같았고, 난로의 불빛이 일렁였다.

"첫사랑 이야기 계속해봐."

"다 했어요. 그 후로는 소식도 듣지 못했어요. 어디 사는지도 몰라요. 한동안은 우연히 길에서 만나지 않을까 기대도 했지만 그런 일도 일어나지 않았어요."

나는 끄덕였다. 다들 그렇게 끝이 난다.

깜빡 잠이 들었나 보다. 꿈을 꾸고 있었는지도 모르겠다. 온희가 나를 조심스레 흔들어 깨웠다.

"왜?"

"눈이 와요."

몸을 일으켜 창밖을 보니 정말로 눈이 오고 있었다. 이제 11월 중순인데, 날씨도 춥지 않은데 눈이 오다니……. 나는 코트를 걸치고 밖으로 나갔다. 골짜기에 바람이 불어 눈이 마구 흩날렸다. 이것도 마법일까?

온희는 내 손을 잡고 골짜기를 따라 내려갔다. 숲 사이로 샛길이 나왔다. 춥지 않았지만 온희의 몸에 내 몸을 기댔다. 온희가 내 어깨를 팔로 안았다. 온희의 머리 위에 장식처럼 눈이 내려앉았다.

"어딜 가는 거야?"

"나도 몰라요."

"여기서 길을 잃으면 우리는 어떻게 되는 거야?"

"숲 속에서 오래오래 행복하게 사는 거죠."

"그럼 나는 마법을 배워서 마녀가 될 테야. 나한테 가르쳐줘 봐."

"어떤 걸 배우고 싶어요?"

"음……. 사람의 마음을 읽을 수 있어? 누가 나에게 거짓말을 하는지, 진실을 말하는지 알고 싶어. 누가 날 정말로 사랑하는지, 있다면 그게 누구인지, 알 수 있을까?"

"가르쳐줄게요. 자, 눈을 감아요."

온희는 걸음을 멈추고 내 얼굴을 보며 말했다. 나는 눈가에 주름이 잡히도록 눈을 꼭 감았다.

"가장 쉬운 거예요. 눈을 감고 가장 아름다운 풍경이나 아름다운 장면을 떠올려보세요. 가장 기분이 좋아지는 모습을요."

뜬금없이 정우와 함께 갔던 홋카이도, 끝없이 눈이 내리던 그곳의 풍경이 떠올랐다. 나는 속으로 머리를 흔들어 그 모습을 지워버렸다. 재스의 모습을 떠올렸다. 여섯 살이 된 재스. 키 110센티미터, 몸무게 15킬로그램. 비쩍 마른 몸에 배와 엉덩이만 볼록한 재스.

"생각했어."

"그것에만 정신을 집중하고 속으로 말하는 거예요. 나는 보고 싶다……."

"나는 보고 싶다…… 그리고?"

"나는 간절히 만나고 싶다, 나를 진정으로 사랑하는 그 사람을."

나는 속으로 따라 중얼거렸다. 장난처럼 한 말이었는데 따라 하는 사이 나는 진지해졌다. 내 어깨에서 온희의 손이 스르르 떠나갔다. 눈이 뺨에 와 닿았다. 나는 다시 중얼거렸다. 나는 간절히 만나고 싶다, 나를 진정으로 사랑하는 사람을.

"이제 천천히 눈을 뜨면 그 사람이 보이는 거예요."

온희의 목소리가 멀리서 들리는 것 같았다. 나를 두고 어디로 가는 것일까. 나는 눈을 감은 채 서 있기만 했다.

"그렇지만 내가 눈을 떴을 때 아무도 보이지 않는다면 어떻게 하지? 아무도 없고 나 혼자일 뿐이라면."

아무 말이 없었다. 갑자기 두려움 같은 것이 몰려왔다. 눈을 떴을 때 온희도 없고, 아무도 없을 거라는 생각이 들었다.

"어딨어?"

아무 말도 없었다. 정말로 가버린 것일까. 나는 눈을 떴다. 온희가 내 앞에 서 있었다.

"아무도 안 보여요?"

"보여."

"거봐요, 아무도 안 보일 리가 없어요."

온희가 장난스레 웃었다. 나는 손을 뻗어 온희의 뺨에 갖다 댔다. 그리고 온희의 얼굴을 당겨 입술을 맞췄다. 눈이 우리 둘의 입술 사이로 같이 딸려 들어왔다. 엄 피디가 했던 말이 떠올랐다.

"사랑이라는 거, 정말 모든 걸 다 걸 수 있는 사랑, 그건 분명히 존재해. 그런데 사람이 문제야. 사람이 그걸 오래 가지고 있질 못해. 사랑이 길어지면 금세 헝클어져. 평생을 사랑하며 사는 거? 거기엔 사랑 외에 다른 것들이 필요해. 성숙, 인간미, 경제력, 무엇보다 운이 좋아야 해."

부디 우리가 운이 좋기를, 우리에게 행운이 있기를, 나는 빌었다. 내 얼굴을 보며 온희가 물었다.

"왜 표정이 울 것 같아요?"

"걱정하지 마. 난 눈물이 나오지 않아."

"왜요?"

"이유는 모르겠지만 아무튼 그래."

온희가 조금 전 내가 했던 것처럼 내 뺨에 손을 갖다 대고 혼잣말처럼 말했다.

"눈물을 어디서 잃어버렸을까. 내가 찾아다 주면 좋겠는데."

온희는 다시 내 손을 잡고 숲 속 샛길로 걸어갔다. 나는 아무 말 없이 온희에게 몸을 기대고 함께 걸어갔다.

눈을 뜨자 창밖은 이미 환했다. 온희는 보이지 않았다. 불을 때러 부엌에 갔나 생각했지만 그곳에도 없었다. 아궁이에는 여전히 불이 남아 있고 난로도 마찬가지였다. 낯선 곳에서 잠이 들었는데 춥지도 무섭지도 않았다. 오히려 집에서보다 더 잘, 푹 잔 것 같았다. 나는 코트를 걸쳐 입고 밖으로 나갔다. 집 안에서 빠져나온 연통으로 허연 연기가 입김처럼 흘러나오고 있었다.

간밤에 분명히 눈이 내렸는데 흔적이 없었다. 그새 다 녹아버렸나. 건너편 산봉우리가 희끗희끗하지 않았다면 나는 지난밤 일들이 모두 꿈이었다고 생각할 뻔했다.

나는 돌다리 걸린 개울을 지나 마을로 발을 옮겼다. 동네를 한 바퀴 둘러볼 생각이었다. 찬 바람이 마치 마을을 지키는 경비병처럼 나를 찔렀다. 그 바람을 헤치고 동네로 들어서자 어느 집 부엌에서 밥하는 소리가 들렸다. 그것과 섞여 낮게 들리는 라디오 소리는 내 방송 바로 뒤에 하는 프로그램이었다. 낯선 곳에서 내가 일하는 방송사의 프로그램을 만나니 마치 고향 사람을 만난 것처럼 반가웠다. 그 소리를 뒤로하고 나는 신작로를 따라 걸었다. 동네 사람이 나를 유심히 보며 지나갔다. 지나치던 할머니는 누구냐고 물어보기까지 했다.

"놀러 온 사람이에요."

"누구 집에?"

나는 손끝으로 온희의 집 근처를 가리키며, 언덕 뒤에 있는 집이라고 말해주었다.

"그 집에는 사람이 안 사는데."

"집주인과 같이 왔어요. 걱정 마세요."

나는 그런 게 도시와는 다른 시골의 풍경이라 생각하며 자리를 떴다. 그러나 여러 사람이 한꺼번에 어디를 찾아왔느냐고 물어올 때는 당황하지 않을 수 없었다. 동네를 한 바퀴 돌고 다시 돌아가는 길에서였다. 겨울이라 그런지 들판에서 일하는 사람의 모습은 보이지 않는데 개울 돌다리 앞에 모여 있는 걸

보면 일부러 나를 기다린 게 아닌가 하는 생각이 들었다. 사람들은 다시 어느 집을 찾아왔는지, 그리고 내가 말하는 집에는 아무도 살지 않는다는 이야기를 반복했다. 나도 했던 말을 반복했다.

"집주인과 함께 왔는데요."

"집주인 누구?"

"천온희라고……"

"그럼 천가 아들놈 말하나?"

"걔가 왜 또 왔지?"

나를 바라보는 동네 사람들의 눈에는 의심과 난처함, 그리고 불쾌감마저 돌았다. 한 번도 경험해본 적이 없는 시선이었다. 나는 당황해서 서둘러 다리를 건넜다. 온희는 어디에 갔을까. 등 뒤에서 수군대는 소리가 들렸다.

"저 여자는 멀쩡해 보이는데 왜……"

"정말 아무것도 모르나 본데……"

뭘 모른다는 것일까. 이곳에서 온희에게 무슨 일이 있었던 것일까. 나는 뛰다시피 온희의 집으로 돌아갔다. 부엌에서 사람 소리가 들렸다. 온희가 밖으로 나왔다.

"어디 갔었어요?"

"산책. 너는?"

"밥해 먹으려고 이것저것 좀 얻어 왔어요. 쌀은 여기 있으니까. 보세요, 배추예요. 아는 분한테 가서 된장도 얻었어요. 이걸로 국을 끓일 거예요."

그 말투는 조금 전 동네 사람들의 목소리와는 너무 달라서 나는 어리둥절했다. 그 사람들이 뭘 잘못 알고 있는 걸까, 아니면 온희가 뭘 모르고 있는 걸까. 온희는 기분 좋게 콧노래를 흥얼거리며 재래식 부엌에서 불편한 자세로 서툰 칼질을 했다.

"빨리 먹고 돌아가야겠어."

"걱정 마세요. 금방 돼요."

나는 다시 실내를 둘러보았다. 어젯밤 그토록 정감이 가던 풍경은 아침이 되자 어딘가 어색해 보였다. 드라마 속 소품처럼 낡고 오래된 물건으로 가득 차 있지만 정작 생활에 필요한 것들은 그곳에 없었다. 이를테면 시계나 달력, 그리고 어느 집에나 한 개쯤은 걸려 있을 법한 사진 한 장 없었다. 부모님이 여기서 온희를 낳고 살았다고 하지만 그 흔적은 아무 데도 보이지 않았다. 이 집은 누가 살았던 곳일까. 온희가 나에게 해준

말들은 모두 사실일까. 온희는 정신과에서 처방한 약을 먹고 있었다. 저 애의 마음에 깃든 병은 무엇일까. 어쩌면 저 아이는 나에게 뭔가를 감추고 있거나, 어쩌면 본인이 뭔가를 잘못 알고 있는 건지도 모른다고 나는 생각했다. 불안 탐지기가 돌아가기 시작했다.

온희가 부엌에서 상을 들고 들어왔다. 된장국 냄새가 집 안 가득 퍼졌다. 내 앞에 보란 듯이 밥상을 내미는 온희의 얼굴에는 일말의 근심도 없어 보였다. 온희는 행복하게만 보였고, 온희의 눈에는 나도 그렇게 보일 터였다. 나는 불안한 만큼 과장되게 행복해하며 온희가 가져온 밥상 앞에 앉았다.

아침을 먹고 나는 서둘러 집을 나섰다. 들판에는 여전히 바람이 몰려다니고, 마을 사람들은 아무도 보이지 않았다. 차가 산모퉁이를 돌자 마을은 금방 시야에서 사라졌다. 문득, 다시는 이곳에 오지 못할 거라는 생각이 나를 스쳤다.

사랑하고 그 사람으로부터 사랑받는 것

　겨울을 재촉하는 비가 내렸다. 빗방울이 가늘고 성겨서 우산을 사러 편의점에 가는 대신 코트 깃을 세우고 택시를 잡기 위해 길가에 섰다. 퇴근 시간이라 그런지 빈 택시는 쉽게 오지 않았다. 코트 위에 톡톡 한 방울씩 떨어지는 비는 차갑지 않고 오히려 포근했다. 나는 길에 서서 라이트를 켜고 바쁘게 내 앞을 지나치는 차들을 멍하니 바라보다 눈을 감았다.

　"나는 보고 싶다. 간절히 보고 싶다. 나를 진정으로 사랑하는 사람을……."

　그리고 가장 아름다운 것을 생각해야 하는데 떠오르는 것은 회사 안의 풍경뿐이었다. 나는 주문의 위력이 사라질까 조급한

마음에 머릿속으로 서둘러 아름다운 것을 찾으며 다시 주문을
중얼거렸다. 머릿속 사진첩이 빠르게 넘어갔다. 온희, 북해도,
재스, 엄마…… 가장 아름다운 것, 가장 아름다운 사람. 온희의
집 부엌 아궁이가 떠올랐다. 주황색 불꽃과 그을음이 남아 있
던 낡은 벽. 온희의 얼굴도 떠올랐다. 나는 보고 싶다, 간절히
보고 싶다…….

자동차의 경적이 요란하게 울렸다. 눈을 뜨자 정우의 차가
내 앞에 멈춰 있었다. 정우는 차창을 내리고 내 쪽으로 몸을 기
울인 채 말했다.

"타, 데려다줄게."

나는 잠시 정우를 쳐다보기만 했다. 왜 지금 정우가 저 앞에
있을까. 나는 내키지 않았다. 그러나 바로 회사 앞이라 다른 사
람의 눈에 띌 것 같아 차에 올랐다.

"웬일이야?"

"네가 비를 맞고 서 있길래."

"다른 사람들 보면 어쩌려구?"

"너나 나나 이왕 버린 몸이잖아."

"결혼 안 해? 차질 생길까 봐 하는 말이야."

"차질 있으면 안 하면 되는 거지, 뭐."

"결혼을 그렇게 쉽게 말하면 안 될 거 같은데."

"고민했으니까 하는 말이야."

정우가 와이퍼를 켰다. 반원 모양으로 시야가 드러났다 사라지기를 반복했다. 마치 어떤 결정과 선택을 했든 한순간에 다시 지울 수 있고, 언제 그랬냐는 듯 금방 원상태로 돌릴 수 있다고 말하는 것 같았다.

정우는 우리 집 쪽으로 익숙하게 차를 몰았다. 퇴근길의 정체를 피해 질러가는 우회 도로를 정우는 알고 있었다.

"나도 모르는 길을 아네."

"한두 번 가봤어야지."

"이사할 거야. 봄이 되면."

전혀 계획에 없던 이야기였는데, 말을 꺼내고 나니 사실이 되고 말았다. 그래, 이사도 하자. 와이퍼처럼 지울 수 있는 것은 다 지워버리자.

"전화했었어. 안 받더라."

"근처에 여행 갔었어."

"혼자?"

"아니."

"그럼 누구랑?"

"네가 모르는 사람."

"남자구나."

"응."

우스운 대화였다. 정우에게 다른 남자와 여행 갔다고 말했는데도 그다지 통쾌하지 않았다. 시침과 분침처럼 정우와 나는 언제나 엇갈리고, 아주 가끔 합쳐질 뿐이었다. 시곗바늘은 아예 멈춰버렸고, 떠볼 것도, 확인할 것도, 미루어 짐작할 것도 남아 있지 않았다.

정우도 입을 다물고 운전만 했다. 유난히 자동차를 좋아해서 최고의 성능을 따져 고른 정우의 차는 소음도 진동도 없었다. 카오디오에서는 《트리스탄과 이졸데》의 아리아가 흘러나왔다. 자신이 좋아하는 곡이라며 언젠가 정우가 나에게 시디를 사다주었던 노래였다. 정우는 흥얼흥얼 〈사랑의 죽음〉을 따라 불렀다. 더할 수 없이 비장한 음악인데 그 순간에는 코미디 같았다. 피식 웃음이 터져 나왔다. 내가 웃는 이유를 정우도 알아챘는지 같이 피식 웃었다. 정우와 나는 함께 웃었다. 웃음 때문인지 아직도 우리가 가깝다는 느낌이 들었다.

나는 볼륨을 줄이고 등받이에 몸을 기댔다. 창밖에는 색색의 우산들이 흘러가고 있었다. 모두가 바쁘게 집으로 돌아가는 저녁. 적인지 아군인지 구분하기 어려운 시간. 정우는 나의 무엇일까. 무엇이었을까.

나는 창밖을 보며 멍하니 정신을 놓고 있었다. 차가 멈춰 정신을 차리니 온희가 일하는 편의점 앞이었다.

"마실 것 좀 사자."

정우는 내가 뭐라 말할 새도 없이 비상등을 켜놓고 차에서 내렸다. 시계를 보니 아직 온희가 나와 있을 시간이 아니었다. 나도 차에서 내려 편의점으로 들어갔다. 정우가 주스와 맥주를 고르고 있었다. 카운터 뒤 창고에서 불쑥 온희가 나왔다.

"어서 오세요."

온희는 나를 보고는 표정이 환해지며 아는 체를 하려 했다. 그때 정우가 나를 돌아보며 말했다.

"뭐 마실 거야? 집에 맥주 없지?"

"응, 없어."

온희의 얼굴에서 표정이 사라졌다. 정우는 맥주를 들고 와 계산대에 내밀었고, 온희는 계산을 했다.

"가자."

맥주를 받아 든 정우가 내 어깨를 잡으며 말했다. 나는 정우와 함께 다시 차에 올랐다. 차창이 빗물에 젖어 보이지는 않았지만 온희의 시선이 나를 따라오고 있다는 것이 느껴졌다. 정우의 차는 매끄럽게 도로 위를 달려 내가 어찌할 바를 모르고 당황하는 그 짧은 새에 집 근처 공원에 와 닿았다. 공원에 누군가 우산도 없이 서 있었다. 온희가 종종 나를 기다리며 서 있던 곳이었다. 그가 나보다 먼저 와서 기다리고 있는 것이다.

"잠깐만. 차 멈춰."

"왜?"

나는 차가 멈추기도 전에 문을 열고 내렸다. 온희에게 다가갔다. 그러나 그는 온희가 아니었다. 나무 아래서 잠시 비를 피하는 남자였다. 갑자기 죄책감이 밀려왔다. 내가 왜 온희를 모른 척했는지 이해가 되지 않았다. 그가 부끄러웠던 것일까. 무슨 이유로? 혹 온희도 내가 그를 부끄러워한다고 생각하는 게 아닐까. 그게 사실이든 아니든 그래서는 안 되는 것이었다.

정우가 내 쪽으로 몸을 기울이며 소리쳤다.

"왜 그래?"

나는 정우의 얼굴을 돌아보았다. 나와 정우는 서로를 가족이나 친구에게 단 한 번도 소개한 적이 없었다. 정우는 가족이 나를 아는 것을 꺼려하는 것 같았고, 나는 정우가 내 가족을 아는 것을 꺼려했었다. 나는 우리가 둘만 있기를 원한다고 생각했었지만 아니었다. 우리는 각자의 세상, 각자의 계산에서 나올 생각이 없었던 것이다. 우리는 언제든 돌아설 준비가 되어 있었고, 말하지 않는 것으로 각자 자기 자신과 상대방을 속이고 있었다.

"돌아가. 나 갈게."

"얘기 좀 하자. 갑자기 왜 그래?"

"할 얘기 있어?"

"넌 다 끝난 거야?"

나는 웃었다.

"끝낸 건 너야. 그리고 넌 이제 우리 집에 오면 안 돼."

정우가 차에서 내렸다. 나와 정우는 차를 사이에 두고 마주 보며 섰다.

"그래, 미안하다. 내가 너한테 잘못한 거 맞아. 내가 너하고 헤어져야겠다, 결심한 것도 맞아. 근데 나는 그게 내 탓만은 아니라는 생각이 왜 드는지 모르겠어."

정우가 무슨 말을 하는 건지 머릿속에 잘 들어오지 않았다. 화가 나야 할 순간 같은데 초조하기만 했다.

"다음에, 다음에 얘기해. 얘기할 게 있다면."

나는 몸을 돌려 편의점을 향해 뛰었다. 뛰면서 생각했다. 정우의 말이 틀리지 않았다. 정우의 책임만은 아니다. 정우와 나 사이에는 언제나 장애물 경기처럼 이 단계 다음에는 그다음 단계, 그리고 또다시 다음 단계가 있어서, 전략을 짜고 마음의 준비를 하고, 매번 돌아보며 결과를 점검했었다. 절정의 모든 순간마다 정신을 잃지 않으려고 애를 썼다. 그 노력들을 정우가 모를 리 없었다. 물론 나에게도 변명은 있다. 어떤 기회가 주어졌더라면 나는 다를 수 있었다. 나는 정우가 생각하는 그런 사람이 아니다. 나는 아무런 계산 없이 사랑하고, 모든 걸 다 던질 수 있는 사람이다. 온희가 그것을 증명한다.

온희는 안에 없었다. 어서 오세요, 라며 나를 반기는 사람은 중년의 사장이었다.

"저기 조금 전에 여기 있던 점원은……?"

"아, 그 친구는 집에 갔는데요, 근무시간이 아니라서. 무슨 일 있으세요?"

"아, 아니에요."

나는 다시 비 내리는 바깥으로 나왔다. 가랑비에 옷 젖는 줄 모른다더니 조금씩 내리는 비에 젖어 코트가 무겁게 느껴졌다. 나는 집으로 걸음을 옮겼다. 집에 가서 온희에게 전화를 하자. 미안하다고 말하고 정우와 있었던 일을 다 이야기하자.

비가 거세졌다. 겨울비답지 않게 쏴 하는 빗소리가 거리에 가득했다. 뛰어가야 할 것 같은데 코트만큼이나 다리가 무거웠다. 이러지도, 저러지도 못하고 있는데 누군가 내 손을 잡았다.

"뭐 해요? 뛰어요."

온희였다. 나는 온희가 이끄는 대로 뛰었다. 그새 길에 고인 웅덩이의 물이 다리로 튀었다. 온희는 내 손을 잡고 공사 중인 건물 안으로 뛰어 들어갔다. 비가 와서 공사를 중단한 모양이다. 건물에는 아무도 없었다. 시멘트 냄새가 코를 찌르고 아직 창문이 달리지 않은 벽으로 비가 들이쳤다. 그리고 깜깜했다. 온희가 라이터를 켰다.

"넘어지지 않게 조심해요."

나는 온희의 손에서 라이터를 빼앗았다. 불이 꺼졌다. 나는 온희의 목을 끌어안았다. 온희의 손이 내 등에 와 닿았다. 입에서는 수많은 말들이 튀어나올 것 같고, 가슴도 뭔가가 쏟아져 나올 것처럼 방망이질했다. 심장의 고동이 너무 격렬해서 나는 아무 말도 하지 못했다. 이것이 사랑이 아니라면 그 무엇도 사랑일 수는 없으리라. 나는 그것만 생각했다.

정우가 다시 전화를 한 건 며칠 후였다. 나는 그날 녹음을 마치고 엄 피디에게 저녁을 같이 먹자고 청했다.

"애들 빼고 우리 둘이만."

"왜? 이제야 정 아나가 나의 진가를 알아보게 된 건가?"

"응, 당장 결혼해도 될 거 같아. 생각 있어?"

그렇게 해서 둘이서 찾아간 식당. 별말 없이 접시를 비운 엄 피디는 골목으로 나가 담배를 피우고 돌아왔다.

"그놈의 담배. 담배만 아니었던들……."

내 말에 엄 피디가 푸하하 웃었다. 정우와 들킨 일을 말하고 있음을 알아챈 것이다.

"웃지 마. 나는 지금도 그날 일만 생각하면 잠을 못 자."

"뭘 그래? 다 큰 어른들이 사고 좀 쳤기로서니."

"생각해봤는데, 내가 지금 회사 그만두면 엄 피디가 많이 난처할까?"

"그만두려고? 그 일 땜에?"

엄 피디가 놀란 얼굴로 물었다.

"회사 사람들이 그 일 때문에 그만둔다고 할까 봐 지금까지 참았어. 어차피 나는 퇴사할 나이가 이미 지났잖아. 전부터 시기만 생각해오던 거야."

"꿈이 정년퇴직이라고 하지 않았어?"

"말이 그렇지. 여자 아나운서가 정년퇴직하는 사람이 어딨어?"

"그만두고 뭘 하려고? 케이블로 갈 거야?"

"홈쇼핑도 있긴 해."

말은 그렇게 했지만 텔레비전 카메라 앞에서 물건을 광고하는 내 모습은 상상이 되지 않았다.

"회사를 그만두고 싶은 게 아니라면 부서 이동 신청해봐. 라디오 제작이라든가."

"될까? 지난번에 모 선배가 텔레비전 제작 부서로 옮기겠다고 했다가 까였다던데."

"라디오는 또 다르지. 사람들이 당신을 라디오의 마지막 디제이라고 말하는 거 모르지?"

"그래?"

나는 정말 몰랐다.

"당신은 당신이 생각하는 것보다 훨씬 잘해. 이제는 음악 프로그램 전문 디제이 같은 건 없어. 연예인들이 잠시 쉬어가는 구역일 뿐이지. 정 아나는 라디오 좋아하잖아. 그걸 왜 관둬? 그리고 이제 곧 우리 프로그램 없어질 것 같은데 끝날 때까지 다 함께 있어야지. 안 그래?"

한편으로는 솔깃하면서도 다른 한편으로는 가뜩이나 구설수에 휘말린 판에 자신이 없기도 했다. 엄 피디가 내 속을 알았는지 몸을 내 쪽으로 기울이며 말했다.

"지난번 일이 정 걱정되면 말야. 스캔들을 또 터트리는 거야. 그럼 지난 일은 다 묻히지 않겠어?"

"그럼 선배가 다음 스캔들 상대가 되어줘. 같이 큰 거 하나 만들자."

"지금 나한테 추파 던지는 거야?"

엄 피디와 깔깔대며 웃는데 핸드폰이 울렸다. 정우의 문자메
시지가 와 있었다.

XX 병원, 입원 중. 연락 바람.

무슨 일일까. 무슨 일로 입원한 것일까. 나는 서둘러 일어났다.

"중요한 메시지야?"

"송 피디."

나는 얼버무리기 싫어서 있는 대로 말했다.

"끝났나 했더니 생각대로 되지 않나 보구나."

"생각대로 되지 않는다는 건 좋은 거래. 매일매일 생각하지
도 못했던 일이 일어난다는 거니까."

나는 온희에게서 들은 말을 그대로 들려주었다. 엄 피디가
쓸쓸하게 웃었다. 그 얼굴에는 왠지 저녁의 느낌이 묻어 있었
다. 밝지도 않고 어둡지도 않은, 경계선에 서 있는 듯한 분위기.
문득, 엄 피디도 나처럼 자신의 진심을 농담 속에 버무려 위장
하며 사는 사람인가, 하는 의심이 떠올랐다. 엄 피디는 이내 익
숙하고 편안한 얼굴, 그러나 사실은 아무것도 모르는 동료의

얼굴로 되돌아왔다. 식당 앞에서 나는 엄 피디와 헤어졌다. 얼마쯤 가다 내가 뒤돌아보았을 때, 엄 피디는 사람들 틈에 파묻혀 보이지 않았다.

"교통사고야. 벽을 들이받았어."

"많이 다쳤어?"

"에어백이 터져서 크게 다친 데는 없어. 그렇지만 좀 와줄래?"

"곁에 다른 사람 없어?"

"없어, 아무도."

나는 전화를 끊고 정우의 병실을 찾아갔다. 2인실이었지만 옆 병상에는 환자가 없었다. 정우의 얼굴을 본 나는 깜짝 놀랐다. 크게 다친 데는 없다더니 얼굴에 피멍이 가득했고, 목에는 깁스까지 하고 있었다.

"어떻게 된 거야? 언제 이렇게 됐어?"

"며칠 전에 너 집에 데려다주던 날. 빗길 사고였어."

나는 난감하고 미안하기도 해서 정우를 바라보기만 했다. 멍이 든 얼굴은 완전히 딴사람 같았다.

"네 탓이라는 게 아냐. 내가 딴생각을 하고 있었어. 그래도 거기서 비둘기가 튀어나올 게 뭐야?"

"비둘기?"

"모퉁이를 도는데 흰 비둘기가 튀어나오는 거야. 헛것을 봤다고 하겠지만 정말로 비둘기가 내 차를 향해 날아왔다니까. 놀라서 핸들을 꺾었는데 이렇게 돼버렸어."

기분이 묘해졌다. 왜 하필 흰 비둘기일까. 그날 편의점으로 달려갔을 때 온희는 없었다. 하지만 근처에 있었음은 분명했다. 온희는 어디에 있었을까.

"그 애, 누구야?"

정우의 목소리가 내 생각을 깼다.

"누구?"

정우는 피멍 든 눈으로 나를 바라보았다.

"널 봤어. 쫓아가려고 간 건 아니야. 차를 돌려 가는데 네가 편의점으로 달려가더라고. 좀 이상한 생각이 들어서 지켜봤더니 걔와 만나더라. 편의점에서 일하던 애 맞지?"

나는 고개를 끄덕였다.

"편의점에서도 널 너무 유심히 본다는 생각이 들더니, 혹시 개랑 사귀니?"

"응."

정우가 어이가 없다는 듯 피식 웃었다. 그러고는 창밖으로 눈을 돌렸다. 블라인드가 반쯤 내려와 있는 창에는 회색 건물들 외에 아무것도 보이지 않았다. 가습기에서 작은 물방울들이 쉭쉭 소리를 내며 허공으로 쏟아져 나와 어딘가로 사라져버렸다.

"은영아."

정우는 창밖으로 시선을 둔 채 말했다.

"내 진심을 말할게."

"말해."

"아주 오래, 그리고 여러 번 생각했어. 우리가 결혼하기는 어려울 것 같다고. 너무 피곤한 일이 많고, 그러다 지쳐버릴 것 같았어. 그렇지만 너하고 헤어지는 건 싫어. 여전히 나는 네가 필요하고, 좋아."

"……."

"이런 말을 하면 네가 비웃으며 들어주지 않을 것 같았어. 나는 그렇지 않은데, 너는 언제든 날 떠날 수 있는 것처럼 말했고, 그렇다면 나도 내 감정을 정리해야 한다는 강박 같은 게 있었어. 그런데 이제 보니 너도 나만큼 힘들어하는 걸 알겠어."

정우는 낮게 한숨을 쉬었다. 그리고 덧붙였다.

"괜히 어린애한테 그러지 마. 우리는 계속할 수 있을 거야."

우리는 계속할 수 있을 거야. 정우의 말이 귓가를 울렸다. 가습기에서 쏟아져 나오는 물방울처럼 그 말의 울림은 허공에서 금방 사라졌다.

"왜 아무 말도 안 해?"

정우가 다시 나를 바라보았다. 나는 손을 뻗어 이마 위에 흩어진 정우의 머리카락을 쓸어 올려주었다. 정우는 어린아이처럼 가만히 있었다. 나는 정우의 얼굴을 가만히 들여다보며 말했다.

"부탁이 있어."

"뭔데?"

"진심으로 떠나."

"무슨 말이야?"

"서로 재보고, 추측하고, 아닌 척하고, 선의라고 생각하며 거짓말하는 거. 힘들고 피곤한 건 피하고 싶고, 그렇지만 헤어지기는 망설여지는 거. 그거 다 이해해. 나도 그래. 하지만 사랑하고 헤어지는 건 밀당과는 달라. 만날 때는 밀당으로 만났더라도 헤어질 때만큼은 진심으로 헤어지자, 우리. 진심을 다해, 네 모든 마음을 다해서 날 떠나줘."

정우가 내 손을 잡았다. 정우의 손은 언제나 그랬듯이 크고 두툼하고 또 따뜻했다. 그 따뜻한 체온이 사랑이 아니라고 말할 수는 없다. 단지 우리는 사랑 외에 너무 많은 것들을 가지고 있었을 뿐이다.

정우는 미련한 사람이 아니었다. 아무 말도 하지 않았다. 나는 손을 빼고 일어나 병실을 나왔다. 복도의 소음과 약 냄새, 수액 주머니를 들고 다니는 환자들의 뒷모습이 한꺼번에 밀려왔다. 불안도 함께 왔다. 정우가 보았다는 흰 비둘기는 온희와 무관한 것일까. 관련이 있다면 어떻게 된 일일까. 병원 건물을 빠져나온 나는 온희에게 전화를 걸려고 가방에서 핸드폰을 꺼내들었다. 문자가 도착했다. 정우였다.

네가 원하는 대로 해. 하지만 편의점 알바는 정말 아니야. 너답지 않게 왜 그렇게 위험한 짓을 하는 거야?

위험한 짓이라는 말, 맞다. 맞다는 것을 알고 있었다. 그래서 이렇게 불안한 것이다. 나는 마치 핸드폰 안에 온희가 들어 있기라도 한 듯 핸드폰을 바라보았다. 당장 전화를 걸어 만나자고 해야 한다. 만나서 하나하나 빠짐없이 물어보고, 온희의 대답을 듣고, 그리고 믿어줘야 한다. 그런데도 불안했다. 나는 핸드폰을 가방 안에 넣고 뛰다시피 택시 승강장을 향해 걸어갔다.

온희는 만날 수 없었다. 온희는 일이 생겨 며칠 동안 어딘가 다녀온다는 메시지를 남겼다. 그사이 나에게는 바쁜 일들이 줄줄이 일어났다. 사원 연수가 있었고, 엄마가 입원을 했다. 선배와 후배 아나운서가 둘이나 동시에 회사에 사직서를 내서 송별회를 했다. 이제 여자 아나운서 중에 내가 가장 고참뻘이었다. 한때 미모의 아나운서로 날렸던 여자 선배는 후련하다고 말했다.

"이제 몸 관리 안 해도 되잖아. 살이 쪄도 되고, 얼굴에 주름이 져도 상관없고. 그사이에 아프지 않으려고, 늙지 않으려고 애쓴 거 생각하면 눈물이 나려고 해. 그까짓 뉴스, 그게 뭐라고."

"나도 그만두면서 그까짓 거라고 말할 수 있었으면 좋겠어요."

선배는 내가 안타까운 듯 웃었다.

대선 방송 진행자가 결정되었다. 웬만한 아나운서들이 모두 출동했지만 내 이름은 없었다. 그러다 보니 대선 당일 회사는 초비상이었지만 나에게는 쉬는 날이었다. 전날 우리는 다음 날 방송까지 녹음을 마쳤다. 도연은 우리 모두에게 꼭 투표해야 된다고, 주변에 전화해서 투표 독려 좀 하라고 사정사정했다. 도연의 부탁대로 일찌감치 투표를 하고 나는 엄마 병실을 찾았다.

"애, 여기 와서 누워. 누워서 좀 자."

엄마가 침대 구석으로 몸을 옮겨 자리를 내주며 말했다. 나는 괜찮아, 하면서도 그 옆에 누웠다. 좁은 침대에 엄마와 몸을 딱 붙이고 누우니 왠지 불편했다. 자리가 비좁아서가 아니었다. 엄마의 살에서 물렁하고, 푸짐하고, 푸석한 냄새가 났다. 나는 엄마의 살을 끌어안았다. 그 순간, 엄마의 옆이 불편한 이유를 알았다. 엄마 옆에 있으면 항상 내 옆에 없는 재스가 떠올랐던 것이다.

"엄마."

"응?"

"나중에 내가 나이가 들어 입원하면 재스가 나를 찾아올까?"

엄마가 내 등을 쓰다듬으며 말했다.

"그럼."

"정말?"

"애들은 언제나 그래. 네가 생각하는 것보다 훨씬 더 많이 알고 있어. 네가 말하지 않은 것도 다 알고 있을 거야."

나는 엄마의 뱃살에 파묻은 고개를 끄덕였다. 그러고는 심장이 아픈 엄마의 자리를 차지한 채 잠이 들었다.

어수선한 꿈을 꾸었다. 끝없이 복도의 소음이 꿈속을 파고들어와 꿈에서 깨면 깨어 있는 것 자체가 내 꿈속이었다. 병실에 누워 있는 정우가 보였고 나는 온희와 함께 어두운 곳을 걷고 있었다. 온희가 라이터를 켰다. 라이터 불빛에 드러난 온희의 얼굴은 그림자가 짙게 드리워 낯설어 보였다.

"이걸 봐요. 불에는 그림자가 없어요. 주변이 어두울 뿐이죠."

잠에서 깼을 땐 막 투표가 끝나고 개표방송이 시작되기 직전이었다. 4인실 병상의 모든 환자와 보호자들이 개표방송을 보고 있었다. 어느새 와 있던 아버지가 리모컨을 들고 우리 회사로 채널을 돌렸다. 후배 아나운서가 출구조사 결과를 말했다.

"한나라당 이회창 후보 46.9퍼센트. 민주당 노무현 후보

48.4퍼센트. 이 예측은 부재자투표를 감안한 수치입니다."

누군가 끙 하는 신음 소리를 냈다. 내 핸드폰이 디리링 울렸다. 도연이 보낸 문자메시지가 도착했다.

언니! 이겼어요, 이겼어!

나는 축하한다고 문자를 보냈다.

두고 봐요, 우리 프로그램도 계속 갈 거예요.
그래, 꿈은 이루어진다!

나는 온희에게 문자를 보냈다. 나는 마치 온희가 대선 결과를 바꾼 것 같은 느낌이 들었다. 그 정도는 사소한 일이죠, 하던 온희의 얼굴이 떠올랐다.

어디야?
서울 가는 중. 어디예요?
나는 엄마 병실. 내일까지 여기 있어야 할 것 같아.

보고 싶어요.

나도.

한밤중에 찾아갈 거예요. 원하는 곳에 내 몸을 보내는 마법을 연습 중이거든요.

그래, 날 찾아와. 기다릴게.

내내 엄마 옆에 있을 거라는 내 계획은 수포로 돌아갔다. 저녁을 먹자마자 엄마는 집에 가라고 떠밀었다.

"어서 집에 가서 편하게 자. 나도 불편해."

엄마의 고집에 못 이겨 집으로 돌아왔을 때는 열한시가 조금 못 되어서였다. 현관에 들어서기 전부터 전화벨이 울리고 있었다. 황급히 들어와 가방을 던져놓고 수화기를 들었다.

"정은영 씨 댁이죠?"

"네, 전데요."

"XX 파출소입니다."

파출소? 순간, 나는 위층 할머니를 떠올렸다. 위층은 아무런 기척 없이 조용했다. 그러고 보니 할머니를 보지 못한 지 제법 되었다. 또 무슨 일이 있는 것일까.

"무슨 일이시죠?"

"잠시 파출소로 나와주시겠습니까? 확인해야 할 사항이 있어서 그럽니다."

나는 다시 코트를 걸쳐 입고 파출소를 찾아갔다. 지난번 간통 사건이 해결되지 않은 것일까. 아니면 또 다른 남자와 파출소에 가 있는 것일까. 하지만 마음 깊은 곳에서 할머니 때문이 아니라고 말했다. 다른 이유가 있다. 다시 불안이 요동쳤다. 그리고 그 불안은 맞았다.

파출소에 들어서자마자 나는 구석 자리에 앉아 있는 온희를 보았다. 내가 들어서자 온희는 환하게 미소를 지었다. 경찰이 내게 인사했다. 나는 심호흡을 하며 그 앞에 섰다.

"저 애, 아시죠?"

"네, 왜 그러시는지……?"

"지난번에 편의점에서 집에 자꾸 이상한 물건들이 와 있다고 하셨죠?"

"그땐 제가 뭘 오해했었나 봐요."

"요즘도 그런 일 있어요? 아니면 뭔가 없어진다거나, 그런 일은 없었어요?"

"아뇨, 무슨 일로 그러세요?"

"좀 전에 그 빌라 앞을 지나가는데, 입구에서 저 녀석이 나오더라구요. 마침 관리인이 자리를 비웠을 때였어요. 전에 하신 말씀이 있어서 제가 불러서 캐물었죠. 거기서 뭐 하느냐고, 그랬더니 정은영 씨와 잘 아는 사이라고, 친하다고 주장하는 거예요."

"……."

"친하다는 게 믿기지 않아서 댁으로 가봤더니 아무도 없더군요. 빈집에서 나오는 게 말이 되냐구요. 수상해서 이리로 데리고 와 몸수색을 했더니 이런 게 나왔어요."

경찰은 복잡한 모양의 꼬챙이 한 움큼을 보여주었다.

"이게 뭐죠?"

"만능열쇠라고 하는 거예요. 절도범들이나 들고 다니는 건데, 글쎄 저 녀석이 이걸 가지고 있지 뭡니까?

온희의 시선이 내 얼굴에 와 닿는 것을 느꼈다. 하지만 나는 온희를 돌아보지 않았다. 눈앞에 놓여 있는, 만능열쇠라 불리는 흉측한 물건에 시선을 맞추고 있었다.

"제가 범죄 기록을 조회해봤더니 절도로 실형도 받았더라구요. 혹 없어진 물건 같은 거 없었어요? 통장이나 카드, 다 확인해보셨어요?"

"확인해보지는 않았지만……."

"이상한 물건은요?"

"그런 것도 없었어요. 열쇠를 바꿨기 때문에……."

그렇다. 버튼식 키로 바꾼 후 집 안에는 더 이상 이상한 물건들이 와 있지 않았다. 그것은 모든 것이 열쇠의 문제임을 말해주는 것이었다. 마법도, 주문도 끼어들 여지가 없었다.

경찰은 밉살스럽다는 듯 온희를 흘겨보았다. 저런 새끼는 이동네에 얼씬도 못 하게 해야 하는데, 라며 혼잣말로 중얼거리더니 나에게 다시 물었다.

"그럼, 집으로 찾아오라고 말한 것도 사실이에요?"

나는 몸이 떨리는 것을 꾹 참았다. 단련된 아나운서의 차분하고 신뢰감 주는 목소리로 경찰을 바라보며 말했다.

"사실이에요. 제가 병문안을 다녀오느라 늦게 도착한 거예요."

경찰이 잠시 당황했다.

"오해가 좀 있었던 것 같아요. 공연히 저 때문에 죄송합니다."

"그러셨군요."

경찰의 눈빛은 의심스러워하는 듯했지만 어쩔 수 없다는 듯 일어섰다. 온희도 따라 일어섰다.

나는 성큼성큼 걸었다. 온희는 폴짝폴짝 뛰는 듯 장난스러운 걸음으로 나를 쫓아왔다. 늦은 밤, 거리에는 아무도 없었다. 공원의 나무들은 가로등 불빛을 받아 긴 그림자를 길 위로 드리웠다. 온희는 내 얼굴을 훔쳐보며 의아하다는 듯 물었다.

"화났어요?"

"……."

나는 아무 말도 하지 않았다. 나는 화가 난 것일까. 내가 화를 내는 것일까.

"설마 저 경찰 말을 믿는 건 아니죠?"

"내가 왜 안 믿어야 하는데? 왜 널 믿어야 하지?"

"네?"

"우리 집에 왜 온 거야?"

온희는 영문을 모르겠다는 얼굴이었다.

"내가 문자로 얘기했잖아요. 누나 집에 갈 거라고. 내가 원하는 곳에 갈 수 있는 마법을 연습한다고 했잖아요. 성공한 거예요. 오늘 처음으로요!"

"듣기 싫어. 제발 그런 거짓말은 더 이상 내게 하지 마."

"거짓말이 아니에요!"

"거짓말, 거짓말이야! 거짓말이라는 걸 너도 잘 알잖아!"

나는 소리를 빽 질렀다. 소리침과 동시에 가슴 깊은 곳에 존재하던 어떤 의심과 불안이 튀어나왔다. 일단 튀어나오자 그것은 놀랍도록 또렷하고 구체적이었다. 신원도 불확실하고, 온전한 정신인지도 확신할 수 없는 아이. 그것이 온희였다. 어처구니가 없었다. 내가 이 애에게 빠져들었다는 게 믿을 수 없었다. 지켜야 할 사회적 신분이 있고, 더구나 자신의 이름과 얼굴을 내걸고 먹고사는 직업을 가진 몸이 아닌가. 어떻게 이런 위험한 짓을 저지를 수가 있는 건지.

그러나 더 놀라는 것은 온희였다. 온희의 얼굴에는 두려움이 가득했다.

"갑자기 왜 그래요? 무슨 일 있었어요? 누가 나쁜 얘길 했어요?"

"나한테 무슨 일이 있었던 간에 네가 상관할 바가 아냐. 제발 나한테…… 제발 나한테 거짓말 그만하고 솔직하게 말할 수 없니? 네가 말한 그 황당한 얘기들, 마술이니 마법이니, 모두 다 거짓말이야. 거짓말이라구!"

온희는 겁에 질린 듯 더듬거렸다. 얼굴이 백짓장처럼 창백해졌다.

"화내지 말아요. 그러니까 다른 사람 같아요. 내가, 내가 왜 거짓말을 한다는 거예요. 다른 사람은 몰라도 누나는 나를 믿어줬잖아요."

그렇다. 나는 그를 믿었다. 온희는 다정하고 착했다. 나에게 그 어떤 나쁜 짓도 한 것이 없다. 어쩌면 이 아이는 정말 자신이 마법을 부린다고 믿고 있는지도 모른다는 생각이 들었다. 어떤 정신적 상처가 이 아이를 이렇게 자신의 환상 속에 살게 만들었는지 모른다. 나는 온희를 바라보았다. 온희의 얼굴은 언제나처럼 평온하고 다정해 보였다. 마치 가장 좋은 것, 가장 따뜻하고 소중한 것은 아직 도착하지 않았다고 말하는 것 같았다. 내 표정을 읽었을까. 온희는 나에게 한 발 다가오며 다정하게 미소를 지었다. 어려 보이고, 사람의 마음을 자극하는 미소였다.

"예전에 엄마가 말했어요. 세상 어딘가에 나를 믿어줄 한 사람은 반드시 있다고……. 누나를 보면 우리 엄마 같아요……."

웃음이 나왔다. 웃음의 끝은 쓸쓸하고 또 차가웠다.

"넌 정말 구제불능이구나. 그런 대사는 다른 여자한테나 써먹어. 너무 상투적이어서 나한테는 먹히지 않아. 도대체 어쩌다 내가……."

나는 다시 한숨을 쉬었다. 그러고는 온희를 똑바로 쳐다보며 말을 이었다.

"넌 부모가 없어. 그건 다 네가 지어낸 거야. 너는 고아야. 그리고 절도 전과자야. 넌 마법사가 아니야. 내가 몰랐던 게 아니야. 나는 그냥 속고 싶었어. 속아주고 싶은 시간이었지. 너한테 속는 척하며 나는 내가 잊고 싶은 걸 잊었어. 그래, 거짓말은 내가 했어. 나는 한 번도 네가 진짜 마법사라고 믿은 적이 없어. 네가 사는 환상의 나라가 어떤 곳인지 모르겠지만 그곳에는 너뿐이야. 더 이상 나를 끌고 들어가지 마."

온희의 얼굴이 창백해졌다. 겁에 질린 것처럼 보이기도 했고, 분노 때문에 일그러져 보이기도 했다. 내가 한 번도 보지 못한 표정이었다. 순간 나는 겁에 질렸다. 온희가 갑자기 다른 인격으로 돌변해 나를 해칠 수 있다는 생각이 들었다. 그냥 살살 달래고 헤어졌어야 했나. 그때 핸드폰 벨이 울렸다. 나는 온희를 쳐다보며 주머니를 더듬어 핸드폰을 열었다.

"은영아."

정우였다. 너무나 반갑고 안도감이 몰려와 갑자기 목소리가 떨렸다.

"응, 나야."

"할 말이 있는데……."

"지금 우리 집으로 올래? 당장. 나 지금 우리 집 앞에서 지난번 편의점에서 본 그 애랑 이야기 중이야."

나는 온희에게서 눈을 떼지 않고 말했다. 일그러졌던 온희의 얼굴이 뭐라고 말할 수 없는 표정으로 바뀌었다. 슬프고 화나고 무기력하고 동시에 너무나 피로해서 말 한마디 할 수 없다는 얼굴이었다. 나는 무서웠다. 온희가 어떻게 나올지, 나에게 무슨 짓을 할지 두려웠다. 정우는 전화기에 대고 뭐라고 외쳤지만 내 귀에는 하나도 들어오지 않았다. 그저 무섭기만 했다. 온희가 한 걸음 다가오며 손을 뻗었다. 나는 뒤로 물러나려 했지만 가로등에 막혔다.

"왜 이래?"

나는 소리쳤다. 온희의 손이 내 눈을 가렸다.

"이러지 마!"

온희가 나지막이 속삭였다.

"쉿. 정말로 원하는 게 뭔지, 말해봐요. 이루어질 거예요."

"이런 짓 그만해!"

나는 온희의 손을 뿌리치며 몸을 돌렸다. 아무런 기척이 없었다. 핸드폰에서 정우가 나를 부르는 목소리만 들렸다. 나는 몸을 돌려 다시 온희를 바라보았다.

온희는 없었다. 텅 빈 도로에도, 불안하게 떨고 있는 공원의 나무들 뒤에도 없었다. 조금 전 분명 내 앞에 있었는데, 발자국 소리 하나 남기지 않고 사라져버렸다. 가로등에 비친 내 긴 그림자만 길에 남아 덜덜 떨며 서 있었다.

옛날에 마법에 홀린 소년이 살았습니다

겨울이 다 갔다. 어김없이 봄이 왔고, 많은 것들이 한꺼번에 변했다. 나는 라디오 제작국으로 발령이 났다. 고민 끝에 보직을 변경해달라고 국장을 찾아갔던 것이다.

"프리로 나서는 게 더 낫지 않아? 강의를 하든지."

"다 검토해봤어요. 저는 라디오가 좋아요."

나는 프로듀서를 잘할 수 있고, 열심히 배울 거라고 설명했다. 원래 아나운서보다 피디를 더 원했다는 거짓말도 덧붙였다. 내 설명은 장황했지만 국장의 대답은 어이없이 간단했다.

"알았어. 위에 말해볼게."

그것만으로도 내 삶의 무언가가 종료되는 느낌이었다. 이사도 결정했다. 집은 내놓자마자 금세 나갔다. 대통령 취임식이 있었다. 나는 혼자 집에서 취임식을 지켜보았다. 정우도 보고 있을 거라는 생각이 들었다. 정우의 결혼 소식은 여전히 들리지 않았고, 나는 금방 무심해졌다.

기억할 만한 사건이 있다면 위층 할머니가 돌아가신 채 발견되었다는 것이다. 아무도 할머니가 돌아가신 줄 몰랐다. 나는 할머니에게 한번 올라가 봐야지 하고 생각은 했지만 차일피일 미루는 새에 잊고 말았다. 할머니가 통 보이지 않는 걸 이상하게 여긴 경비 아저씨가 문을 두드려보지 않았다면, 사다리차를 불러 거실로 들어가보지 않았다면 할머니는 훨씬 더 긴 시간 마루에 쓰러진 채로 있었을 것이다.

어느 날 내가 퇴근하고 집으로 돌아가 보니 할머니의 시신은 이미 병원으로 실려 간 뒤였고, 경찰이 와서 경위를 파악하는 중이었다. 나에게도 경찰이 찾아와 혹 듣거나 본 게 없느냐고 물었다. 나는 고개를 저을 수밖에 없었다.

"시신에 별다른 상처가 없는 걸로 봐서 심장마비나 뇌졸중 같은데 말이죠."

"할머니는 건강하셨는데요."

연애를 하실 만큼, 이라고 덧붙이려다 나는 말을 멈추었다.

며칠 후에 딸이 왔다. 그날은 휴일이어서 나는 집에 있었다. 짐 정리를 하는지 하루 종일 위층이 소란스러웠다. 나는 뒤늦게 중국차를 들고 위층으로 올라가보았다. 벨을 누르자 내 또래의 여자가 나왔다. 부스스한 모습이었지만 할머니의 쌀쌀맞고 고상한 얼굴과 닮아 있었다. 할머니를 찾아와 복도에서 욕을 해댔던 그 사람일까. 여자는 뭐냐는 듯이 나를 쏘아봤다. 나는 더듬거리며 말했다.

"저, 할머니와 조금 가깝게 지냈기 때문에…… 명복을 빈다는 말씀을 전하려고……."

"들어오세요."

여자는 나를 안으로 들어가게 해주었다. 지난번에 내가 다녀갔을 때와는 느낌이 또 달랐다. 일당을 주고 고용했을 것 같은 도우미 아주머니 두 분이 짐 정리를 하고 있었다. 나는 차를 내밀었고, 여자는 내가 가져간 차를 뜨거운 물에 띄워서 꿀꺽꿀꺽 마셨다. 뜨거운 걸 잘 먹으면 잘 산다고 했는데……. 나는 속으로 생각했다.

"우리 엄마, 친해지기 쉬운 사람이 아니었는데……."

그러니까 그녀는 할머니의 딸이고, 지난번에 왔던 사람이 맞았다.

　"친하다기보다는 아래층 위층 살다 보니 인사 정도 하는 사이였어요."

　"경찰서까지 같이 갔었다면서요?"

　나는 놀랐다. 할머니가 그런 내밀한 이야기까지 딸과 나눌 거라고는 생각지도 못했기 때문이었다.

　"할망구 주책이지, 그 나이 되도록 남자가 뭐야. 그걸 또 나한테 다 얘길 하다니. 우리 엄마지만 정말 골 때리는 사람이었어요."

　"장례는 잘 치르셨어요? 가보지도 못했는데……."

　"간단하게 했어요. 엄마는 장례식에 아무도 부르지 말고 후딱 화장해버리라고, 납골당 같은 것도 필요 없다고 늘 말했었는데요 뭐. 원하는 대로 다 해줬어요. 엄마는 내가 바라는 걸 하나도 안 해줬지만……."

　여자의 눈에 눈물이 비쳤다. 여자는 손등으로 눈물을 닦았다.

　"우리 엄마가 무슨 얘길 했는지 모르겠지만 믿지 말아요. 그 여자가 하는 말은 다 뻥이니까. 내 엄마지만 진짜 골 때렸지. 그래도 딱 하나 참말은 있었어요. 이 집을 나한테 물려주겠다더니 그건 지켰더라구요. 그래봤자 빚 갚고 나면 남는 것도 없지만. 그거라도 지켰으면 뭐, 다 거짓말인 것과는 다르잖아요?"

나는 고개를 끄덕였다. 반은 위로였고 반은 진심이었다. 겉으로만 봐서는 알 수 없는 것들이 어느 관계에나 있는 법이다. 내가 일어설 때 여자는 나에게 고맙다고 말했다. 별말씀을요. 나는 그 말만 남기고 내 집으로 내려왔다.

그 후 두 달도 되지 않아 위층에 새 사람이 이사를 왔다. 아주 젊고 행복해 보이는 신혼부부였다. 이사를 오던 날 그들은 김이 모락모락 나는 팥떡을 들고 우리 집 벨을 눌렀다. 잘 부탁한다는 그들의 말에 나는, 저도 곧 이사를 가는데요, 라고 대답했다. 안방의 방음이 좋지 않다는 이야기를 해줄까 하다 그냥 참았다. 새 사람이 이사를 올 것이고, 새로운 위층과 새로운 아래층이 해결해야 될 문제였다. 오고 가는 것은 그렇게 매일 이어진다.

내가 새 보직으로 옮기기도 전에 우리 프로그램은 결국 봄 개편에서 사라지고 말았다. 대선 결과가 좋으면 우리도 살아남을 거라던 도연의 주술도 통하지 않았다. 우리가 떠난 자리에는 신혼부부처럼 화사하고 행복해 보이는, 한물간 아이돌 출신의 새 진행자가 새로운 프로그램을 가지고 오게 되었다.

"남자한테 차이는 기분이에요."

현지가 말하자 도연은 한술 더 떴다.

"나는 결혼해서 살던 놈한테 쫓겨나는 기분이다."

작가들은 자신이 맡은 프로그램이 사라져서 경력에 오점으로 남는 것을 무척 싫어한다. 나는 작가들을 위로해주었다.

"남자는 또 와. 걱정하지 마."

"맞아요. 더 골 때리는 놈이 오죠."

마지막 방송을 녹음하던 날은 생각했던 것보다 훨씬 감상적이 되어 마지막 멘트는 내가 직접 썼다. 지우고, 쓰고, 다시 지우고를 반복하다 보니 제일 처음 썼던 멘트로 돌아가 있었다. 엔딩 시그널 음악이 깔리고 대본의 마지막 페이지를 넘기는 순간, 나는 코끝이 찡해왔다. 내가 마이크 앞에 앉는 마지막 순간이었다. 어쨌거나 나는 마이크 앞에 앉아 말하는 사람으로 길들여졌고, 내 인생의 가장 길고 소중한 부분들이 모두 그것을 중심으로 진행되어왔다. 마지막 온에어의 불빛을 보며 나는 그동안의 나에게 작별을 했다.

"오고 감이 있다. 헤어짐은 있으되 재회는 흔치 않다. 이것은 카프카의 잠언집에 나오는 구절입니다. 우리는 늘 무언가와 헤어지면서 재회를 말하곤 합니다. 헤어짐이 안타까워서이겠죠? 하지만 재회가 흔치 않다 할지라도, 그래서 다시 만나지 못한다 할지라도, 그때 우리가 사랑했고 행복했으며 헤어질 때 마음 아팠다는 것은 달라지지 않을 거예요. 그동안 여러분과 같이했던 모든 밤들, 그 모든 사연 주신 여러분께 감사드립니다. 지금까지 전 정은영이었어요. 오래오래 행복하십시오."

부서 이동 직후, 나는 삼십 분짜리 고정 프로그램을 맡게 되었다. 고민 상담 프로그램이었다. 나는 도연과 현지에게 작가로 와달라고 했지만 현지는 그새 시집을 가버렸다. 가장 어린 주제에 제일 먼저 결혼해버리다니 정말이지 정의에 어긋나는 짓이라고 도연과 나는 현지를 맹비난하며, 온갖 고민 사례를 읽고 정리하고, 출연자를 섭외했다. 나는 차를 샀고, 금세 차와 새 사랑에 빠졌다. 눈에 콩깍지가 씐다더니 잠자리에 누우면 핸들의 환영이 보일 정도였다. 동네 목욕탕이나 슈퍼에 갈 때도 차를 끌고 갔고 운전을 하기 위해 출퇴근을 설레며 기다렸다.

그날도 나는 일을 마치고 연인을 만나듯 설레는 기분으로 차에 올랐다. 시동을 걸자 시디에서 음악에서 흘러나왔다. 나는 노래를 따라 부르며 회사 주차장을 빠져나갔다. 퇴근길이 혼잡해질 무렵이었다. 차가 막혀도 나는 좋았다. 운전을 좀 더 오래 할 수 있으니까. 노래가 후렴구를 반복하며 끝났다. 디제이의 멘트가 시작되었다.

이원진의 목소리로 들으신 〈시작하는 연인들을 위해〉였습니다. 토요일 밤은 여러분들의 전화를 기다리고 있습니다. 잠 못 이루고 누군가와 이야기를 나누고 싶으신 분들은 저희에게 전화주세요. 지금 한 분이 기다리고 계신데요. 여보세요?

안녕하세요.

나는 급하게 브레이크 밟았다. 끽 하고 차가 섰다. 정면에는 붉은 등이 들어와 있고 나는 정지선을 한참 지나 교차로 한복판에 서 있었다. 사방으로 지나가는 차들이 죄다 경적을 울려댔다. 나는 멍하니 시디에서 흘러나오는 소리에 귀를 기울였다.

어디 사는 누구세요?

○○동에 사는 천온희라고 해요.

불가능한 일이었다. 나는 카오디오의 오픈 버튼을 눌렀다. 시디가 튀어나왔다. 어린아이처럼 꾹꾹 눌러쓴 글씨로 '2002년, 6월 22일 방송'이라고 적혀 있었다. 도대체 이 시디가 어떻게 내 차에 들어가 있을까. 무슨 일이 일어난 것일까. 나는 떨리는 손으로 다시 시디를 카오디오에 집어넣고 처음으로 돌렸다. 익숙한 시그널 음악과 타이틀이 흘러나왔다. 1년 동안 방송했던 내 목소리였다. 그날 밤, 녹음실의 풍경이 또렷하게 떠올랐다. 엄 피디는 지루해했고 현지는 혼자 바빴다. 전화 연결을 통해 들려오던 목소리는 다소 떨리고 수줍어했다. 전화가 끊어지기 전, 독특한 노이즈와 함께 노래가 시작되기 직전, 온희가 중얼거리듯 말했다.

"우린 곧⋯⋯."

나는 시디를 십오 초 앞으로 돌리고 볼륨을 높였다. 그때는 이어지는 음악에 파묻혀 제대로 듣지 못했다. 이제야 알아들을 수 있었다.

우리는 곧 만날 거예요.

신호가 바뀌었다. 나는 급하게 핸들을 꺾어 유턴했다. 그리고 전에 살던 동네로 차를 몰았다. 뭘 어떻게 할 거라는 생각도 없이 나는 편의점까지 내달렸다. 편의점에는 스무 살 남짓한 점원이 카운터에 서 있었다. 혹시 다른 직원이 없냐고 물어보았다. 점원은 고개를 저었다. 언제부터 여기서 일했느냐는 말에 한 달 정도 됐다고 말했다. 온희는 한 달 전까지 여기에 있었던 것일까. 나는 점원에게 부탁해서 편의점 사장에게 전화를 걸었다.

"죄송하지만 전에 여기서 일하던 천온희라는 직원 있었죠?"

"예, 그런데 왜 그러시죠? 걔는 그만둔 지 오래되었는데요."

"언제쯤 그만뒀나요?"

"몇 달 전이죠. 지난겨울이니까요."

사장은 그 후로 한 번도 온희를 보지 못했다고 했다. 온희의 핸드폰 번호는 없는 번호가 되었고, 사장은 온희의 다른 연락처도, 사는 곳도 아무것도 몰랐다.

나는 온희가 살던 집을 찾아갔다. 그곳에서 반드시 온희를 만날 거라고 믿어서 간 것은 아니었다. 내가 왜 온희를 그렇게 찾는지 이유는 정확하게 알 수 없었다. 나를 스토킹하고 있다면 그만두라고 말하고도 싶었고, 잘 지내는지 확인하고도 싶었다. 어쩌면 분명히 끝났다는 것을 확인하고 싶었는지도 모르겠다. 마음이 뒤죽박죽인 채로 나는 차를 몰았다. 어두운 길눈으로 낯선 길을 헤맨 끝에 나는 오래된 그 아파트를 찾아낼 수 있었다. 나는 심호흡을 하고 초인종을 눌렀다. 내 나이 또래쯤 되어 보이는 남자가 나왔다. 우락부락한 인상이어서 나는 긴장했다.

"죄송하지만 여기 천온희라는 사람, 살지 않나요?"

"누구요?"

그건 온희를 몰라서 하는 소리가 아니라 온희를 찾아온 사람이 있다는 게 믿기지 않아서 하는 말 같았다. 남자의 아내처럼 보이는 여자가 다가와 남편의 어깨 너머로 나를 힐긋 쳐다보더니 무뚝뚝하게 말했다.

"걔 지금 여기 없는데요."

"그 사람, 이제 여기 안 살아요. 나간 지 한참 됐어요."

"그게 언제쯤인가요?"

여자는 말할 필요도 없다는 듯 집 안으로 들어가버렸다. 남자가 말했다.

"몇 달 됐죠. 그런데 온희하고는 어떻게 아는 사이예요?"

"그냥 좀……."

나는 얼버무렸다.

"혹 어디로 갔는지 모르세요?"

"모르죠. 그냥 안 와요. 연락도 없었구요."

"알겠습니다. 실례 많았습니다."

나는 집으로 돌아왔다. 나의 새 집은 23층이었다. 베란다에 서서 내려다보면 모든 것이 아득하고 비현실적으로 보였다. 곳곳에 새 아파트 냄새가 남아 있는 이곳은 새의 깃털 따위는 날아올 수 없는 곳이다. 나는 멍하니 거실 소파에 앉아 온희를 생각했다.

온희를 다시 만나 뭘 어떻게 할 거라는 생각은 없었다. 왜 시디가 내 차 안에 들어와 있는지, 혹 다시 나를 지켜보고 있는 것인지 궁금했지만, 꼭 그것만을 확인하고 싶은 것도 아니었다. 온희를 찾아가면서도 나는 온희가 그곳에 없을 것을 이미 알고 있었는지도 모르겠다. 그사이 나는 온희를 잊고 있었다. 한 번씩 생각날 때가 있었지만 그때마다 나는 뭔가 찜찜했고 그래서 지우려고 애를 썼다. 안 입는 옷처럼 기억의 서랍장 안으로 밀어 넣어버렸다. 나는 무엇이 그렇게 찜찜했던 것일까. 나는 내 찜찜함을 오래, 깊게 들여다보았다. 그 아이는 나에게 거짓말을 했다. 나를 속였다.

그런데 그게 전부일까.

나는 차에서 들고 온 시디를 가만히 바라보았다. 어린아이 같은 필체. 혹 내 방, 내 차 안에 이상한 물건들이 와 있었던 적이 또 없나 생각해보았다. 기억나는 건 없었지만, 모를 일이었다. 내가 모르고 지나친 것인지. 그렇다면 이 시디는 무엇을 말하고 있는 것일까. 온희는 자신의 마법이 사실이라고 말하고 싶은 것일까.

사실. 무엇이 사실일까.

나는 마법을 믿지 않는다. 나는 종교도 없고, 신비한 능력이나 초자연적인 현상을 믿지 않고, 설령 그런 것이 존재한다 해도 관심이 없다. 그것은 내가 확인할 수 없는 영역이다. 그럼에도 나는 믿는 척했고, 믿는다고 그 애에게 말했다. 그것은 거짓말이었다. 어쩌면 나는 온희와 만날 때에도, 온희를 사랑한다고 느꼈을 때조차 계속 그 관계가 이어질 거라고 생각하지는 않았던 것 같다. 온희는 예외적인 시간이었고, 그런 시간은 지속되지 않는다는 것을 나는 알고 있었던 것이다. 내색하지 않았을 뿐이다. 온희가 내 눈앞에서 사라지고 집으로 돌아왔을 때 느꼈던 적잖은 안도감이 바로 나의 그런 마음을 증명했다. 너무나 명백한 나의 거짓말. 우리는 모두 각자의 거짓말이 있지만, 나는 그 애만을 거짓말쟁이로 몰아세웠다.

전화벨이 울렸다. 도연이었다.

"왜?"

"언니, 장국영이 죽었어요."

"만우절 끝나지 않았어?"

"언니, 진짜예요. 인터넷 열어봐요. 장국영이 호텔에서 투신 자살했어요……."

도연은 정말로 우는 것 같았다. 나는 전화를 끊고 인터넷에 접속했다. 도연의 말은 사실이었다. 장국영은 여섯시 사십일분 호텔에서 투신했고, 투신하기 오 분 전에 지인과 전화 통화를 했다고 했다. 거짓말 같은 죽음이었다. 나는 장국영의 팬이 아니었음에도 충격을 받아 계속 그의 기사를 검색했다. 영화 속 그의 모습이 곳곳에서 올라왔다. 그럼에도 그는 촛불처럼 꺼지고 없었다. 거짓말 같고, 신기루 같고, 나쁜 마법사의 장난 같았다. 혼란스러운 내 머릿속에서 죽은 장국영과 온희가 겹쳤다. 마치 죽은 사람이 온희 같았다.

그 애는 어디로 갔을까. 사라져버린 아이. 촛불처럼 꺼져버린 아이. 나는 온희와 함께 갔던 시골집을 떠올려보았다. 그 애는 그곳에 있을까.

며칠 후 나는 월차를 내고 아침 일찍 온희의 시골집을 찾아나섰다. 온희가 그곳에 있지 않더라도 그곳에 가면 최소한 미안하다는 말을 쪽지에 써서 남기고 올 수 있을 것 같았다.

하지만 나는 갈 수 없었다. 대전을 지나 지난번에 들렀던 시외버스 터미널까지는 찾아갔지만 거기서 온희의 고향 마을을 찾을 수가 없었다. 지난번 그곳에 갔을 때는 온희가 가리키는 대로 차를 몰았던 탓에 어디가 어딘지 도무지 찾을 수가 없었다. 얼핏 마을 이름을 들었던 것 같은데 전혀 기억이 나지 않았다. 나는 지도를 펴놓고 주변의 마을 이름을 꼼꼼히 살펴보았다. 딱히 이거라고 기억되는 이름이 없었다. 터미널 주변의 택시 기사에게 찾아가 설명을 해보았지만 나를 이상한 얼굴로 볼

뿐이었다.

"여기서 한 시간쯤 갔다구요? 그걸로 동네를 어떻게 찾아
요?"

나는 있는 대로 기억을 짜내 국도를 헤맸지만 허사였다. 나
는 지쳐서 국도변에 차를 주차하고 멍하니 앉아 하늘만 쳐다보
았다. 아이들이 개나리꽃을 꺾어 들고 우르르 지나갔다. 노란
꽃들이 내 앞에서 출렁거렸다.

봤어요? 내가 보낸 걸 봤어요?

온희의 목소리가 들리는 것 같았다. 나는 차에서 내렸다.

"얘, 너희들 어느 학교에 다니니?"

"XX초등학교인데요."

"그 학교 어디에 있어?"

아이들은 학교의 위치를 가르쳐주었다. 온희는 이곳에서 태
어나고 자랐다고 했다. 그렇다면 초등학교는 이 근처에서 다녔
을 것이다. 더욱이 시골이라 도시처럼 학교가 많지 않으니 어
쩌면 근처의 학교 몇 군데만 뒤지면 어릴 적 온희의 주소든 뭐
든 알 수 있을지도 모른다는 생각이 들었다. 나는 아이들이 가
르쳐준 대로 차를 몰았다.

학교는 금방 찾을 수 있었다. 방송국 신분증은 그럴 때 참 유용했다. 그때만 해도 웬만한 취재는 명함 하나로 할 수 있었던 것이다. 나는 온희의 나이와 이름을 대고 졸업생 중에 포함되어 있는지를 물어보았다. 다행히 시골까지 전산화가 다 이루어진 상태여서 졸업생 조회는 금방 됐다.

"천온희, 그런 학생은 졸업생 중에 없는데요. 여기 졸업생이 맞아요?"

"그럼 혹시 입학생 중에 찾아볼 수는 있나요? 나이로 봐서 아마 81년이나 82년 입학일 거 같은데요."

직원은 다시 전산자료를 검색했다.

"아, 여기 있네요. 천온희. 81년 입학. 3학년 때 대전으로 전학을 갔네요."

"어느 학교인가요?"

나는 직원이 불러주는 학교 이름을 받아 적었다. 대전 일신 초등학교.

"입학할 당시 집 주소는 알 수 없나요?"

"XX면 세울리 237번지. 아, 예전에 그 사건 때문에 취재 나오신 거예요?"

"그 사건이라면……?"

"예전에 여기서 큰불이 났었어요. 그 동네 살던 어떤 남자가 집에 불을 질렀는데 그게 주변 다른 집들한테까지 옮겨붙는 바람에 사람도 죽고 난리도 아니었죠. 그게 80년대 중반이었으니까……."

"미친 남자 소행으로 밝혀지지 않았어? 그런데 범인은 사라져버렸고……."

옆의 직원이 한마디 거들었다. 나는 온희의 집에 남아 있던 불에 그을린 자국과 마을 사람들의 날카롭던 반응을 떠올렸다. 나는 그 사건에 대해 더 묻고 싶었지만 직원들도 더는 아는 게 없었다.

나는 세울리로 가는 길을 물어 다시 차에 올랐다. 직원들에게 정확하게 받아 적기까지 했지만 길은 헷갈렸다. 마치 내가 그 마을을 다시 찾는 걸 거절하는 것처럼 아무리 차를 몰아도 엉뚱한 곳이 나왔다. 어느새 해는 지기 시작했고 저녁 새들이 날아다녔다. 국도에는 지나가는 차가 전혀 없었고 기름마저 바닥을 보이고 있었다. 나는 점점 더 초조해졌다. 마을 이름을 안다 해도 해가 지면 찾기가 불가능할 것이다. 나는 마음속으로 온희를 향해 외쳤다.

나를 한 번만 만나줘. 내 말 한마디만 들어줘. 나를 밀어내지 마.

내 말을 들은 것일까. 커브를 돌자 어떤 풍경이 내 눈에 들어왔다. 내가 달리고 있는 국도 맞은편이었다. 골짜기 너머 작은 집이었다. 주황색 지붕. 따돌림당하는 아이처럼 혼자 뚝 떨어진 집. 포클레인이 그 집을 부수고 있었다. 거인이 주먹으로 어린아이를 때려눕히듯 포클레인의 팔이 몇 번 집을 건드리자 집은 신기루처럼 푹 사라져버렸다.

안 돼.

나는 급하게 차를 유턴했다. 누가 저 집을 부수는 것일까. 온희는 자신의 집이라고 했는데. 그럼 온희가 저곳에 있을까. 나는 있는 대로 액셀을 밟았다. 백미러를 통해 사라지는 집이 보였다.

그때 빵 하는 경적과 함께 내 앞으로 자동차 한 대가 튀어나왔다. 커브를 빠져나가기 직전이었다. 나는 깜짝 놀라 브레이크를 밟으며 핸들을 틀었다. 쿵 하는 충격과 함께 내 머리가 핸들에 부딪혔다. 내가 죽는구나, 생각했다. 수많은 생각들이 그 순간에 내 머리를 스쳤다. 재스, 엄마, 온희와 한밤중에 걸었던 골짜기의 숲. 나무 사이로 눈 내리던 풍경. 그때 내가 너를 사랑했던 것은 거짓말이 아니야⋯⋯.

잠시 정신을 잃었던 모양이다. 차창을 두드리는 소리가 내 의식을 깨웠다. 내가 고개를 들자 험상궂은 남자가 내 차 옆에 와 서 있었다.

"괜찮아요?"

나는 차창을 내렸다. 남자의 얼굴을 본 순간 나는 깜짝 놀랐다. 그는 바로 온희의 선배, 며칠 전 아파트를 찾아가 만났던 그 사람이었다. 그 남자도 나를 알아보았다.

"여긴 어떻게⋯⋯. 온희를 찾으려고 여기까지 오셨어요?"

나는 차 밖으로 나왔다. 다행히 차들이 충돌한 것은 아니었다. 남자는 변명하듯이 말했다.

"커브에서 갑자기 튀어나오셔서⋯⋯."

"죄송해요. 제가 잠깐 다른 데를 보느라고⋯⋯. 그럼 온희와 같은 고향 분이세요?"

"네, 서울에서 우연히 다시 만났죠. 착한 애인데 억울한 일도 많이 당하고, 그래서 저랑 잠시 있었어요. 지난번에는 온희가 또 안 좋은 일을 당했나 싶어서 아무 말도 못하고……."

"아니에요. 꼭 좀 만나야겠기에 찾아갔던 거예요. 여기 오면서 보니까 온희 집이 철거가 되던데……."

"그것 때문에 제가 왔어요. 사정이 좀 복잡해요. 땅은 다른 사람 소유이고, 집만 온희 것인데 그것도 무허가라 집주인이 철거 신청을 해서 허가가 났대요. 고향 아는 분이 연락을 해줘서 짐이라도 챙겨줄까 싶어서 왔어요. 짐이래야 별것도 없지만, 며칠 전에 뜬금없이 온희가 전화를 해서 집에 뭘 남겨놨다고 하더라구요."

"전화를 했다구요? 그럼 온희는, 온희는 어딨어요?"

"그건 안 물어봤는데. 참, 오셨다는 얘기는 했어요. 그러니까 그 말을 하더라구요. 뭘 남겨뒀다고."

"짐 좀 볼 수 있어요?"

남자는 낡은 세피아로 다가가 트렁크를 열었다. 라면 상자 두어 개가 포장도 제대로 되지 않은 채 실려 있었다. 레코드판, 책, 카세트라디오, 인형이 튀어나오는 낡은 상자……. 대충 손에 집히는 대로 집어넣은 듯한 물건들은 지난번에 내가 본 것 외에 별다른 것이 없었다. 무엇을 남겨두었다는 것일까. 온희는 어디에 있을까. 하지만 더 중요한 것은 어딘가에 온희가 무사히 있다는 사실이다. 대전의 일신초등학교. 나에게는 찾아가 볼 장소도 있다. 그곳에 가면 온희의 또 다른 흔적을 알 수 있을지 모른다. 그리고 어쩌면, 다시 만날 수도 있다.

"도대체 뭘 남겨뒀다는 거지……."

종이 상자 바닥에 시디와 테이프들이 깔려 있었다. 내가 전에 온희의 방에서 본 것들이었다. 그러니까 온희는 분명 이곳에 다시 왔던 것이다. 나는 어린아이 같은 글씨로 날짜를 눌러 쓴 시디들을 물끄러미 바라보았다. 시디 케이스 틈으로 뭔가 삐죽 나와 있는 것을 보았다. 그것은 사진이었다. 두 남녀의 사진. 남자는 연미복에 마술사들이 쓰는 터번을 머리에 두르고 있었다. 마술사의 손에는 흰 비둘기가 다소곳이 앉아 있었다. 남자 옆의 여자는 비즈가 번쩍거리는 드레스를 입고 있었다. 조잡하지만 화려한 드레스를 입은 여자는 활짝 웃고 있었다. 그 여자는 온희를 닮았다.

"그건 온희 부모님이에요. 아버지는 서커스단 출신이었는데 밤무대에서 주로 공연을 했대요. 거기서 엄마랑 만났다더군요. 엄마는 거기 가수였대요."

나는 한참 동안 사진을 바라보았다. 사진 속의 여자는 짙은 화장을 한 채 행복한 시선을 나에게 던지고 있었다. 나는 사진을 손으로 쓰다듬었다. 내 손끝이 닿자 그녀의 얼굴에서 체온 같은 것이 느껴졌다. 비둘기는 살아 있는 것처럼 꿈틀거렸다. 바람이 불자 이른 꽃잎들이 흰 눈처럼 떨어졌다.

흰 비둘기가 허공으로 날아오르는 것이 내 눈에 보였다. 비둘기를 바라보고 있는 온희의 얼굴도 보였다. 비둘기의 흰 깃털이 흰 꽃잎 사이로 팔랑거리며 떨어져 내렸다. 그것은 내 눈으로 직접 본 모습이었다. 나는 왜 보고도 믿지 않았을까.

울고도 싶고, 웃고도 싶었다. 뭐라 말할 수 없는 격렬한 떨림이 내 심장에서 온몸으로 퍼져 나갔다. 모든 것이 거짓말 같았다. 거짓말 같지만 사실이었다. 사실이 거짓말 같았다.

나는 사진을 가슴에 안았다. 내 볼 위로 무언가가 툭 떨어졌다. 그제야 나는 온희가 나에게 남기고 간 것이 무엇인지를 알았다. 그것은 한 방울의 눈물이었다.

이 이야기는 1996년경에 처음 만들어졌다.

그때 나는 어느 행사장에서 마술쇼를 구경하게 되었는데, 공연하던 마술사가 "연인에게 이런 마술을 보여주면 얼마나 좋아할까요?"라고 말하는 것을 듣고 사랑하는 여자 앞에서 비둘기를 날리는 마술사의 이미지를 떠올렸다. 당시에 방송 작가로 일하던 나는 그 이미지를 바탕으로 칠십 분짜리 단막극을 썼지만, 방송이라는 게 언제나 그렇듯이 좀 고치자는 피디의 제의에 의해 내가 원래 의도했던 이야기에서 상당히 바뀐 채로 나가게 되었다. 많이 아쉬웠지만 어쩔 수 없는 일이었고, 나는 잊었다.

거의 20년에 가까운 시간이 흐른 후, 낭만적인 사랑 이야기를 써보라는 제의를 받게 되었을 때 나는 신참 방송 작가 시절에 내 의도대로 쓰지 못했던 것을 바로잡아 다시 써보고 싶다는 생각을 하게 되었다. 방송 대본과 소설의 차이는 한두 가지가 아니지만 가장 크고 좋은 건 전적으로 내 의도대로, 나 혼자 작업할 수 있다는 점이다. 혼자 쓸 수 있다는 것, 소설을 쓸 수 있다는 것은 나에게 큰 기쁨이고 행운이다. 좋은 기회를 주신 나무옆의자 관계자님들, 꼼꼼히 조언해주신 김호연 작가, 박향 작가, 친구 이령희에게 감사의 말씀을 올린다.

자, 이제 이 책을 떠나보낼 시간이다. 잘 가라, 나의 세 번째 아이. 누군가 너를 만나 잠시나마 마법 같은 사랑의 설렘과 아쉬움을 느낀다면, "아, 나도 사랑하고 싶다"라는 말을 중얼거리게 된다면 더 이상 바랄 나위가 없다. 단지 공항이나 병실에서 지루한 몇 시간을 너를 통해 때운다 해도 그 또한 바람직한 일이다. 내가 쓸 때 혼자였듯이 지금 혼자 있을 누군가에게 너를 보낸다. 안녕.

ROMAN COLLECTION 004

네이처 보이

초판 1쇄 인쇄 2015년 8월 27일
초판 1쇄 발행 2015년 8월 31일

지은이 김서진
펴낸이 이수철
주 간 신승철
편 집 정사라, 최장욱
마케팅 정범용
관 리 전수연

펴낸곳 나무옆의자
출판등록 제396-2013-000037호
주소 서울시 용산구 한강대로 109 용성비즈텔 802호(04376)
전화 02) 790-6630 팩스 02) 718-5752

페이스북 www.facebook.com/namubench9
카페 cafe.naver.com/namubench
인쇄 제본 현문자현 종이 월드페이퍼

© 김서진, 2015

ISBN 979-77-86748-02-2 04810
     979-11-86748-04-6 04810 (세트)